# 아직, 꿈꾸는 별

동남문학 열아홉 번째 이야기

**초판 발행** 2018년 12월 14일
**지은이** 동남문학회

**펴낸이** 안창현 **펴낸곳** 코드미디어
**북 디자인** Micky Ahn **교정 교열** 오재령
**등록** 2001년 3월 7일
**등록번호** 제 25100-2001-5호
**주소** 서울시 은평구 갈현로 318-1 1F
**전화** 02-6326-1402 **팩스** 02-388-1302
**전자우편** codmedia@codmedia.com

ISBN 979-11-89690-02-1  03810

**정가** 10,000원

# 아직, 꿈꾸는 별

동남문학 열아홉 번째 이야기

동인지를　출간하며

회장　인사

참으로 따스한 한 해였습니다.
화롯가에 모여 앉아 오순도순 정담 나누듯
문우님들의 온정에 힘든 줄 모르고 여기까지 왔습니다.

구슬을 하나하나 꿰듯이 차근차근 순리대로 엮다 보니
어느새 아름다운 이야기들이 모아진 19번째 동인지가
우리들의 가슴을 설레게 합니다.

올해 기쁨의 자리는
동남문학에 새로 오신 문우님들!
김태실 시인 월간문학상 전영구 시인 수원문학상 수상과
아울러 정건식 시인 등단, 공모전에서 수상
특히 손 시화전으로 문우님들의 창작의 기법을
엿보는 좋은 기회도 있었습니다.

기쁨과 슬픔도 함께 머리 맞대고 동고동락했던
고문님들과 문우님들이 있었기에 동남문학 역사의 또
한 페이지를 장식할 수 있었다고 생각합니다.

명강의로 가르쳐 주시는 지연희 교수님 덕분에
우리의 창작력은 날로달로 발전하여 동남문학의
위상은 높아지고 있습니다.
모든 회원님을 사랑할 수 있었음에 깊은 감사를 드립니다.
동남문학의 발전을 지원하며 문우님들 사랑합니다.


동남문학회 회장  허정예

# Contents

회장 인사  4


전영구             반론 11 | 어찌 12 | 은밀한 유혹 13


김태실             A4-11 17 | A4-12 18 | A4-13 19 | 친구 20


최정우             말의 시간 26 | 이제 그만 28 | 날개 30


서선아             단축번호 7번 33 | 별주부전의 토끼가 되어 34
상복 35 | 손 36 | 훈장 37


곽영호             버킷 리스트 39 | 헌 집 고치기 43


안일균             가을을 날다 49 | 가을 단상 50 | 커피 한 잔 51
안부 52 | 인생역전 54

**김영숙**  이 가을엔 57 | 슬픈 언어 58 | 땅따먹기 59
미니멀 라이프 60 | 쉼표 62

**김숙경**  나이 65 | 꽃이 피긴 틀렸어 66 | 신발 67
배웅 68 | 슬픈 그림 69

**전옥수**  죄와 벌 71 | 백내장 72 | 덫 73
캐리어 74 | 그 사이 76

**허정예**  아직, 꿈꾸는 별 78 | 채송화 80 | 억새 81
가을 속으로 82 | 겨울 숲 84

**박경옥**  꽃차를 마시며 87 | 내 푸른 자전거 91 | 아침 단상 95

**임종순**  흙 100 | 바람난 봄 102 | 한 달에 한 번쯤은 104
9월의 노래 106 | 내가 쏜다 108

# Contents

**남정연**      길 위의 삶 111 | 『무진기행』을 읽고 116

**장선희**      바람꽃 121 | 거리 122 | 눈물 123 | 허무 124

**원경상**      달빛 체온 127 | 밤나무 128 | 숟가락 129
오방색 가을 130 | 갈대 131

**정정임**      안개꽃 133 | 침묵 134 | 저울 136
그분이 오셨습니다 138 | 옛정 140

**정건식**      거기 가고 싶다 142 | 가을을 걷다 143 | 외로움 144
가을밤 145 | 화가와 시인 146

**남지현**      기도 148 | 소리 없는 외침 149 | 치매 150
감꽃 151 | 춤추는 인형 152

**전찬식**  낙엽 154 | 뒤안길 155 | 베일 156
그릇 157 | 억새밭에서 158


**윤영례**  내 발목 잡지 마 161 | 철야기도 166


**고경화**  겨울 앞에서 170 | 내 마음의 비 172 | 이별 174
잃어버린 세월 175 | zoom in 178


**장경옥**  들판 180 | 갈대 182 | 파꽃 183
청산도의 갯벌 184 | 백조의 꿈 186


**박정화**  '시작인가' 189 | 낙엽 191 | 괴돌이 물에게 192

# 전영구

커피 같은 사랑을 쫓다 지치니
언제부턴가 녹차 향이 곁을 지켜준다.
있는 듯, 없는 듯이….

+ 시 작품 | 반론 | 어찌

+ 수필 작품 | 은밀한 유혹

## P R O F I L E

충남 아산 출생.『문학시대』시 부문 신인상 당선 등단.
『월간문학』수필 부문 신인상 당선 등단. 사) 한국문인협회 감사.
사) 한국수필가협회, 가톨릭 문인회,대표에세이 문학회 회원.
경기시인협회 이사. 수원시인협회 부회장. 수원문인협회 회원.
저서: 시집『뉘요』외 4권, 수필집『뒤돌아 보면』. 수상: 동남문학상, 문파문학상,
2017 한국수필 작가상, 수원문학인상, 백봉문학상.

# 반론

전시회처럼 진열된

회색 숲 사이로

삐뚤어진 심성이

유화물감같이 끈적거려도

뉘를 그리는지 모를 난해함으로

걸치고 벗고

다시 걸치다가

투명인간으로 살 수는 없을까

애를 써 봐도

현실을 읽지 못하는 문맹 같아

혹여 자신이 원망스럽거든

피카소의 그림을 보라

혼란을 삭여줄 혼미한 채색

20세기 사람 눈에 비친 혼탁한 자맥질

찬사만큼이나 엉키는 감정

타협에 더부살이하는 삶ing

## 어찌

　바람에 밀려온 이곳은 본시 그대들 살 곳은 아닌 듯 싶다고, 백치 같은 동공을 내밀고 서서 나름 흐드러지게 핀 들풀에 대고 미숙한 언어를 들이대는 질타. 잎인 척, 꽃인 척, 여린 척 마라. 주어진 계절 따라 순응하듯 피는 저들처럼 잎에 이름 달고, 꽃에 향기 품거든 그때 고개 들어라. 이제라도 시간의 양해를 구해 처음으로 돌아갈 수만 있다면 더 후미진 숲에 안착하라고.

　낯선 곳에 뿌리내려 겨우 살 길 찾으니 거친 눈길들의 서슴없는 홀 터 봄이 시련이 되는 모진 팔자. 오로지 남의 시선 따라 귀한존재가 되고, 더러는 시정잡배가 되는 서러운 존재인 것을. 태생부터 오로지 순리에 의지한 자체가 투쟁의 전리품처럼 위대하다… 라는 위안도 상처가 되는 저들을 맘을 어찌 알겠는가? 시류에 타협하며 겨우 찌질한 삶을 영위하는 짓이 더 역겹지 않나?

　주어진 숙명이 건넨 여정이 이리 고단했다면 너도 그러할까 싶어 내미는 참 생각 없는 생각들… 오로지 우리만이 갖는 덜 여문 인간질. 그걸 아는 그대들이 어찌 이러는가 싶다.

# _ 은밀한 유혹 _

밤이 깊어지면 깊어질수록 별다른 이유도 없이 입 안 가득 고이는 침이 자제할 틈도 주지 않고 양 볼을 타고 주책없이 흐른다. 뭔가에 쫓기는 듯한 눈길은 시계의 시침 언저리를 방황하고 있다. 밖이 어둑해지고 배꼽시계가 허기를 호소할 즈음이 되면 오늘도 한 잔?이라는 은밀한 유혹이 서서히 그 정체를 드러낸다. 그런 심적 갈등을 흔들기라도 하듯이 TV에서는 전국에서 유명하다는 맛집 기행이 일제히 펼쳐지고 있다. 입심 좋은 패널들의 갖가지 미사여구가 남발하는 음식 예찬이 판을 친다. 보기에도 구미가 당기는 음식들이 쉴 새 없이 등장하며 화면을 장악하면 짓누르고 있던 인내심은 곧 바닥을 드러내고 만다.

부지런한 집게의 움직임에 어느새 불판 위에는 홍조 띤 삼겹살이 가지런히 누워있다. 가스에 불을 지펴 열이 가해진 불판 위로 지글지글 익어가며 내는 소리는 청각과 미각을 자극하기에 충분하다. 핏기 가신 삼겹살에 육즙이 흐르기 시작을 하면 단 한 번의 뒤집음만이 필요하다. 기름과 육질의 요란한 마찰음이 들리면서 앞, 뒤 구분 없이 누렇게 익어 가면 그때부터 손과 입이 분주해 진다. 일류 미용사 뺨치는 가위놀림에 정교하게 잘려진 삼겹살들이 불판 위에 가지런히 누워 초조하게 젓가락의 왕림을 기다린다. 이때부터 섬세한 젓가락의 활약이 필요한 시기이다. 뇌의 지시를 받은 젓가락이 완벽한 안주 한 쌈을 완성시킬 각종 부속물들이 즐비한 탁자 위를 종횡무진해야 하기 때문이다. 채반 위에는 이미 갖가지 채소들이 점지를 기다리며 저마다 싱싱함을 어필하고 있다.

투명한 유리잔에 칠 홉 정도의 소주를 따르고 눈빛이 마주치는 자와의 무언의 의식을 치루듯이 건배를 한다. 원샷이라는 정체모를 규정에 따라 단숨에 들이키는 한 잔의 묘미는 마셔본 자만이 안다는 궤변을 찬양하기에 충분하다. 짜릿한 뒷맛의 소주가 지나간 입 속엔 야무지게 싼 안주가 자리를 차지하게 된다. 부드러운 상추 위에 깻잎 한 장을 곁들이고, 약간의 식초와 고춧가루가 가미되어 새콤 매콤하게 무쳐진 파채를 얹는다. 거기에 아삭이 고추와 불판에서 적당한 기름이 배인 채 구워진 마늘까지 가세하면 안주로서는 최고의 등급이 된다. 물론 육즙이 살아 흐르는 삼겹살 한 점의 가미는 안주의 화룡점정畫龍點睛이라 할 수 있다. 입 안에는 고기와 채소들이 배출하는 즙으로 흥건해진다. 부드러운 입 넘김으로 마무리되는 한 잔의 유혹은 시간을 무시한다는 단점만 빼면 완벽한 유혹이 될 수도 있다는 아쉬움을 늘 남기기도 한다.

시간의 흐름에 따라 탁자 위에는 술병들이 늘어나고 마시는 양에 비례하듯이 실없는 약조와 넉넉한 웃음이 덩달아 늘어만 간다. 이 은밀한 유혹이 주는 매력은 기분이 좋게 취하면 이해와 배려의 아이콘이 되기도 한다. 세상 모든 것들이 아름답게 보이고 모든 사람들이다 벗처럼 느껴지는 게 만드는 것이다. 거기에 연륜까지 쌓이게 되면 아내의 잔소리도 안주가 되는 가히 주신酒神의 경지에 오르게 된다.

은밀한 유혹으로 이뤄진 한 잔의 여유는 삶의 활력이 되기도 한다. 간혹 있는 지인들과의 술자리는 더러 사회생활에 있어 큰 자산이 될 수도 있다. 단 한 가지 너무 과하지만 않으면 말이다. 즐거움으로 시작해 그 느낌으로 끝난다면 세상의 모든 아픔까지도 치료할 수 있는 명약이 될 수도 있다는 것이 나만의 추론은 아닐 것이다. 술은 배가 고플수록 맛이 난다는 주당만이 아는 진리를 곱씹으면 밤마다 이어지는 은밀한 유혹과의 사투는 아마도 쉽게 끝이 날 것 같지 않다. 아직도 밤이 되면 예민해진 혀끝으로 지난 밤 안주의 잔해들이 한 번의 어김도 없이 스며들어와 침샘을 자극하며 은밀하게 유혹을 시작하기 때문이다.

# 김태실

친구끼리의 관계는 어디까지가 우정이고
어디까지가 사랑일까.

+ 시 작품 | A4-11 | A4-12 | A4-13
+ 수필 작품 | 친구

**P R O F I L E**

『한국문인』 수필 부문 등단. 『문파』 시 부문 등단. 한국문인협회 이사.
국제 PEN클럽 한국본부, 한국수필가협회 회원. 계간 『문파』 이사.  계간 『문파』 편집위원. 가톨릭문인회,
수원문인협회 회원. 동남문학회 고문. 수상: 제3회 동남문학상, 제8회 한국문인상,
2013년 한국수필 올해의 작가상, 제7회 문파문학상, 제34회 한국수필문학상, 제7회 월간문학상.
저서 : 시집『그가 거기에』, 수필집『기억의 숲』『이 남자』『그가 말하네』.

# A4-11

채우지 못한 시험지 너머

미처 건너오지 못한 생

흑백의 가림막 뒤에서 웃고 있다

송홧가루처럼 날려 네게 갈 수 있다면

발목 잡힌 숫자에 멈춰 선 너를 만날 수 있을까

하얀 꽃으로 피어 나의 기억을 먹고

팔랑대는 날갯짓을 삼키고

발걸음에 매달린 시간 따라온

누런 갱지 어디쯤

서성이는 네가 있다

구획마다 칸칸이 들어앉힌 방

닳지 않은 계단을 밟고 건너와

오래 기다린 듯 낡은 우산을 들고

빛바랜 탱자 빛으로 웃는 너

눈 마주친 후 비로소

우주에 자리잡은 지구별처럼

갱지에 안착하는 이름

젖은 산화

# A4-12

깃털, 평안에 드는 궁

그런 집 하나 짓고 싶어

무게로 무게를 깨뜨렸다

구석에서 몰래 뿌린 눈물의 흔적

얼룩 남긴 아파트 꼭대기에서

키만큼 쌓아 올린 삶의 깜지를

흐드러진 꽃잎처럼 흩뿌린 젊음

흔들려도 부서지지는 말아야지

어쩌자고 사람들 가슴에 무거운 돌덩이 안겨

하늘 바라볼 수 없게 만드는지

네게 던진 '힘내'라는 말

주위를 맴돌고 있다

삶과 하나 될 수 없어 바람을 택한

껍데기 없는 종이가루


적멸에 든 새

평안하니

# A4-13

모였다가 떠나고 다시 모이는 버스정류장

누가 갖다 놓았을까, 얼음덩어리

화분에 심긴 꽃나무처럼

박스 한 자락 깔고 선 투명 냉동고

흘러내리는 뼈의 눈물은

너를 위한 기도

깊이 얼려놨던 정성을 풀어

갈색 종이에 물의 글씨를 쓴다

멀리 떠난 듯 떠나지 못하는 기억

눈앞에 둥둥 떠다니는 먼지 알갱이

흘러내리는 얼음의 뼈에 뛰어들어

날개 없이 비행하는 투명한 새가 된다

흔적은 사라져도

공중으로 날아오른 염천의 날갯짓은 살아있어

가슴, 가슴에 피는 행복의 기운

극과 극은 사랑이다

한 가닥 뜨거운 소망이다

# _ 친구 _

딱 부러지게 금 그을 수 있을까. 친구끼리의 관계는 어디까지가 우정이고 어디까지가 사랑일까. 한 세상 살면서 여러 친구를 만났지만 몇 년 전 사귄 친구는 좀 다르다. 선이 그어지지 않는다. 만나면 나를 온통 차지하고 안 보면 생각난다. 가끔 만나는 그와의 데이트는 언제나 즐겁다. 우리는 약속한 날짜를 어기지 않는다. 함께 지내는 시간은 달콤해서 꿈결처럼 지나간다. 우정을 넘어선 사랑이지 싶다. 그의 배신이 없는 한 우리의 만남은 꾸준히 이어질 것이다.

바닷물에 갇힌 섬이었다가 썰물 때가 되면 모세의 기적처럼 물이 갈라지는 제부도를 향했다. 마침 물이 빠지고 풍성하고 육감적인 갯벌이 드러났다. 갯벌에 얹혀있는 기울어진 배를 보고 갈매기가 내려앉아 먹이를 찾는 모양을 보면서 섬으로 들어갔다. 그 곳에는 연인들이 걷기에 안성맞춤인 목조다리가 있다. 그 다리를 걸으며 절벽에 솟은 나무를 보고 갯바람을 맞으며 걸었다. 그림자처럼 따라 다니는 두 명의 수행원이 그와 동행한다. 수행원이 있어도 우리는 사랑의 눈길을 주고받는다. 탁 트인 바다에서 친구와의 시간은 행복, 그 자체였다.

에버랜드에 갔다. 이곳은 친구와 나의 열정을 불태우기에 딱 맞는 곳이다. 넓은 면적의 갖가지 볼거리와 탈거리를 향해 걷고 또 걸었다.

자동차를 타고 사파리에 들어가자 어슬렁거리는 사자를 보며 친구가 반갑게 인사를 한다. 뚱뚱한 몸을 흔들며 춤을 추는 곰을 신기한 듯 바라보고, 졸린 듯 껌벅이는 호랑이에게 말을 걸기도 한다. 기린과 판다panda, 거북이도 반가운 친구다. 동물들을 거침없이 대하는 친구의 폭넓은 관계가 부러웠다.

밤의 에버랜드는 낮의 에버랜드와 확연히 다르다. 화려한 불빛이 우리의 마음을 사로잡는다. 보이는 것 마다 아름답고 신비한 환상의 나라다. 특히 야간에만 있는 불빛퍼레이드는 우리의 혼을 쏙 빼놓는다. 퍼레이드가 지나갈 양쪽으로 사람들이 진을 치고 앉아 있으면 카니발 광장에 커다란 마차모양의 불빛이 다가온다. 고막을 자극하는 흥겨운 음악에 맞춰 머리부터 발끝까지 불빛으로 장식한 사람들이 춤을 추며 지나간다. 뒤이어 서서히 눈앞을 지나가는 인형 같은 사람들과 갖가지 모양의 이모티콘들, 30분간 이어지는 행렬에 취해 우리는 마주보고 웃다가 손뼉을 치기도 하고 소리를 지르기도 했다.

친구와 나는 이제 좀 멀리 떠나보기로 했다. 약속한 날 제주도에서 만났다. 친구를 보호하는 두 명의 수행원은 여전하지만 우리는 개의치 않기로 했다. 함덕 해수욕장 앞에 우리가 묵을 호텔이 예약되어 있다. 4박 5일 동안 우리는 이곳에 머물 것이다. 우선 바다로 나갔다. 하얀 모래사장이 펼쳐져 있고 바닷물은 맑고 깨끗했다. 완만해서 한참을 들어가야 바닷물에 허리나 가슴까지 담글 수 있다. 쉼 없이 파도가 밀려오면 그것을 타고 넘으며 즐거웠다. 둥근 튜브에 몸을 실은 친구는 한 마리 물고기다. 우리는 지칠 줄 모르는 열정으로 바다와 어울렸다. 해수욕을 그만두어야 하는 오후 7시, 미리 시간을 알려주는 방송을 들으며 물놀이를 마무리해야 했다. 우리에겐 내일이 있다.

친구와 파티를 열었다. 꼭 따라붙는 수행원도 끼워주기로 했다. 제주도 호텔에서 먹는 야식, 통닭과 감자튀김은 정말 맛있다. 케첩을 좋아하는 친구는 감자튀김에 케첩을 눈사람처럼 묻혀 먹는다. 한 입 먹고 눈길을 마주치고 두 입 먹고 눈길을 마주치는 우리의 마음은 전선처럼 통한다. 이심전심, 눈빛을 주고받는 것만으로도 행복하다. 통닭과 콜라가 불가분의 관계처럼 친구와 나는 떼려야 뗄 수 없는 관계다. 외로움과 슬픔을 위로해주고 기쁨과 행복을 안겨주는 친구와의 만남은 축복이다. 귀한 인연, 친구를 만난 것에 감사한다.

친구는 수행원과 함께 자고 나는 나 혼자 잔다. 더블 침대와 싱글 침대가 있는 방, 세 명이 잘 수 있는 내 몫의 호텔 방에서 나 혼자다. '띵~똥' 초인종이 울린다. 문을 열어보니 친구가 와 있다. 얼굴 팩 하나를 건넨다. 햇볕에 탄 얼굴을 진정시키라는 얘기다. 나를 빤히 바라보는 친구를 끌어안았다. 향긋한 비누향이 난다. 가슴 가득 행복이 차오른다. 친구가 내게 굿나잇 키스를 한다. 나도 친구에게 굿나잇 키스를 했다. 친구는 수행원이 기다리는 옆방으로 갔다.

우리가 머무는 내내 제주의 날씨는 최고의 청명함으로 이어갔다. 눈부신 햇살도 마다않고 친구와 나의 여정은 줄기차게 이어졌다. 하루는 김녕미로공원에서 미로를 헤매고 헤매다 기어이 종을 치는 집

념을 보이기도 하고 해녀의 집에 가서 전복죽을 먹기도 했다. 해녀들이 보여주는 공연을 관람하고 배를 타는 곳에서 친구와 배를 탔다. 가까운 바다를 한 바퀴 돌아오는 코스였는데 배가 달리거나 커브를 돌 때마다 구명조끼를 입은 우리에게 바닷물이 축복처럼 뿌려졌다. 친구의 즐거운 비명이 그치지 않았다. 소리를 지르기도 하고 웃기도 했던 10분간의 배타기는 우리 삶의 활력제가 되었다.

제주의 시간도 서울의 시간과 다르지 않게 잘 간다. 내일이면 다시 수원 집으로 돌아가야 한다. 신나게 놀았건만 아쉬워하는 친구를 위해 오늘은 더욱 붙어 다녔다. 물이 빠져나간 바다, 군데군데 남아 있는 바닷물에 새끼 무래무지와 복어가 떼 지어 다닌다. 뜰채로 친구와 같이 잡아보려 했다. 발목과 무릎까지 오는 바닷물을 들여다보며 물고기 떼를 향해 뜰채를 댈라치면 쏜살같이 불꽃처럼 퍼진다. 워낙 빨라서 건져 올릴 수가 없었다. 수행원이 잡은 복어와 모래무지 몇 마리를 관찰하고 놓아주었다. 검은 바위에 붙어있는 소라와 고동을 떼어 살펴보기도 하는 친구는 관찰력도 대단하다. 지치지도 않는다.

제주국제공항에서 김포공항으로 향하는 비행기에 올랐다. 친구의 옆자리는 내 차지다. 어디서나 나를 위해 자신의 옆자리를 비워놓는 친구, 얼마나 줄기차게 놀았는지 비행기를 타자마자 내게 기대어 잠들었다. 곤히 잠든 얼굴을 들여다보며 사랑한다고 속삭였다. 언제까지나 우리는 함께할 것이라고 말했다. 언젠가 '바빠서 만날 시간이 없다'고 하며 친구가 돌아서기까지 아니 돌아선다 해도 내 사랑은 변치

않을 것이다. 육 년 전에 만난 내 친구, 여섯 살 손녀는 나의 영원한
친구다. 하늘 길을 나는 비행기처럼 꿈을 펼치기를 손 모아 비는 할
미의 소망이 향하는 사랑이다.

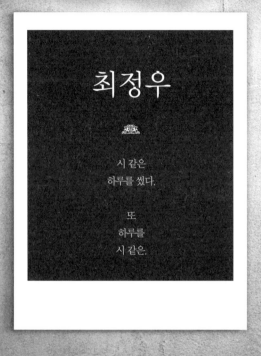

최정우

시 같은
하루를 썼다.

또
하루를
시 같은.

+ 시 작품 | 말의 시간 | 이제 그만 | 날개

PROFILE

경기 안성 출생.『한국문인』시 부문 신인상 당선 등단. 한국문인협회, 경기시인협회, 동남문학회 회원.
문파문학회 사무국장. 수상: 제9회 동남문학상. 저서:『풍경 같은 사람』외 다수.

## 말의 시간

말이 말을 삼킨다
나오면 안될 것 같은 말초신경을 거쳐
입으로 움직였다

조직의 힘을 자랑하듯 엮여져 있는 언어
망설이는 치명적 상처가
모세혈관을 거쳐 생각으로 흐른다

살갗을 찢는
말
피부 깊숙한 곳에서의 파동
귀까지 전달되기 직전
치밀하게 계산된 말의 함정
목구멍에서 말을 가두고 있다

죽었을지도 모를
말을 듣고 있다

귀가 근지럽다

살고 싶다는 욕망의 본능

입에서 퍼져가는 소리

ㄱ ㄴ ㄷ ㄹ

태어나서 처음 나오는 외침이다


생각이 필요 없었던 말의 시간이다

# 이제 그만

수족관에 옮겨놓은 바다

오늘과 내일을 기억하지 않았다

멀지 않은 곳에서는 바다가 내려다 보였다

도마 위에는 파란 체액이 흘러내렸다

분해되어지는 시선은 바다를 바라본다

파도가 부서져 눈가에 맺힌다

뼈들이 몸을 비튼다

짧은 시간 사이로 흩어지는 숨소리

파편처럼 바람에 날려 다녔다

더 이상 시간은 흐르지 않았다

바다가 파랗게 눈에 앉았다

이제 그만

# 날개

죽은 자들의 솟아오르는 날개


긴 겨울을 이겨내고
자유롭게 하늘을 날 것을 알지 못했다


날갯짓을 멈추어야 했다
노란 유채꽃에는 앉지 말아야 했다


눈에 보이지 않는 거미줄


날개를 펄럭일수록 조여만 가는
숨소리가 바람에 매달린다


거미줄은 더욱 팽팽하게 뼈를 분해하고
껍질을 남기고  있다


말끔하게 흙으로 돌아가기까지 오래 걸리지 않았다
땅에 떨어져 갈 곳 모르고

비문과 비문으로 이어진 사이로 떠돌았다

떠도는 곳에서 탑이 된
이름으로 앉은 나비 떼

날개가 꿈틀거리며
날고 있었다

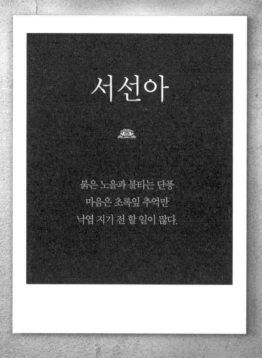

# 서선아

붉은 노을과 불타는 단풍
마음은 초록잎 추억만
낙엽 지기 전 할 일이 많다.

+ 시 작품 | 단축번호 7번 | 별주부전의 토끼가 되어

상복 | 손 | 훈장

## PROFILE

대구 출생. 동남문학 회장 역임. 대한민국 문인협회 회원(문협60년사편찬위원).
문파문학회, 동남문학회, 백송문인회 회원. 저서: 시집『4시 30분』『괜찮으셔요』,
공저:『뇌요』『네모 속의 계절』외 다수. 수상 : 동남문학상수상(5회), 문파문학상(10회).
E-mail: ssaprincess@hanmail.net

# 단축번호 7번

7번을 꾹 누른다
연결 음이 없다
이 번호는 없는 번호입니다
주파수가 모자라
하늘까지는 못 가나 보다

이제 다시 걸 수 없는 번호
삭제를 누른다
번호는 삭제되었지만
아버지 음성
내 마음속에 고이 담겨 있다
괜찮냐
그래 나도 괜찮다
아프면 오지 마라

# 별주부전의 토끼가 되어

별주부전의 토끼가 되었다
몸속의 장기 하나 밖에다 두고
하루건너 한 번씩 잘 있나
몸하고 연결해
서로의 안부를 물어 본다

먹은 게 과하면 남은건 가져가고
피 만드는 주사도 준다

세시간 반
몸속을 샅샅이 훑어
피가 티끌 없이 맑게 되길 기다리며
무념무상의 세계에 든다

마지막을 알리는 알람
하나님 목소리다
지금부터 48시간 자유입니다

# 상복

가신 지 한 달
검은 옷에 상장
다른 가문 소속이란 이유로
제사 한 번 못 드린 내 마음의 죄
상주 당사자들 아멘 한 마디로
모든 의식이 끝이다

오늘
검은 긴 치마를 입고
마음의 젯상을 차린다
과일도 제일 좋은 걸로 높이 괘이고
떡도 색색이 수북하게 쌓아
놓는다

사십구제가 지나면 이 상복도 벗고
좋은 일만 기억하고
훌훌 털어 버려야 하는
시집간 딸의 운명이라

# 손

기차놀이처럼 앞장서 끌어주던 아버지 손

그 손 놓고 하늘 소풍 떠나시고

구름이 눈물 되던 날

문득 돌아보니

내 손 기다리는 어린 나무 한 그루

# 훈장

팔목에 여문 실로 바느질을 했다

한 해 넘는 고비마다
대관령 넘기보다 어려웠지만
고개 고개 땀 흘리며
넘어오니 남은 건
동정맥류 바느질 자국

내 피 꺼내 기계에 넣어
깨끗이 해준다고
걱정 말란다

인생 훈장 가슴이 아니라
팔뚝에 새기고
첫 새벽 닭 울기 전에
또 다른 산을 넘으려 한다

---

*동정맥류: 투석을 위해 동맥과 정맥을 합치는 수술

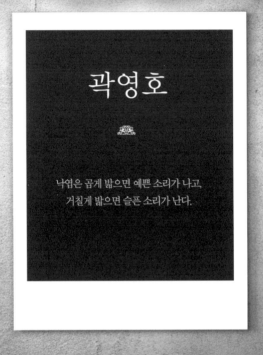

# 곽영호

낙엽은 곱게 밟으면 예쁜 소리가 나고,
거칠게 밟으면 슬픈 소리가 난다.

+ 수필 작품 | 버킷 리스트 | 헌 집 고치기

## P R O F I L E

1943년 경기도 화성 출생. 문단: 동남문학.
저서: 2014년 수원시 문예진흥 기금지원-『나팔꽃 부부젤라』 출간.
수상: 2015년 농어촌문학상 수상.

# _ 버킷 리스트 _

대수롭지도 않은 이야기다. 아내가 다니는 종교에서 죽기 전에 꼭 하고 싶은 것을 간추려보는 프로그램을 한다. 얼마 전에는 관에 들어가 주검도 체험 해 봤다고 주먹으로 턱을 고인다. 요즈음은 종교에서도 사람의 마음을 감화시키는 방법이 세련되고 다양해진 느낌이다. 아내는 저녁노을쯤에 와 있는 사람이다. 막상 써보니 쓸 것이 없단다. 인터넷에서 커닝을 해보니 '초등학교 동창회 하기.' '겨울 소양호에 가서 은어 먹어보기' 등등 쓸데없는 것뿐이란다. 커닝을 안 했으면 딱 하루만이라도 멋진 영감하고 살아봤으면 했을 텐데 다행이다. "소원 없는 사람이 행복한 사람이여." 하고 덮어버린다.

아내의 청춘은 진즉에 끝이 난 사람이다. 소멸의 계절을 가고 있다. 여자로서 아내이고, 어머니라는 굴레를 홀러덩 벗어 던지고 할머니 소리를 듣는 노파다. 인간이라서 젊은 날의 후회는 밀물처럼 밀려오겠지만 그것도 흘러간 물이라고 체념을 한다. 오직 가는 데까지 가보자고 천천히 걸어가는 배짱뿐이다. 그런 처지인데 죽기 전에 꼭 하고 싶은 소망이 뭐냐고 묻는 종교가 안쓰럽다. 이제 와서 방탄소년단 노래를 배울 처지도 아니지 않나. 노파는 그저 자식들의 안녕이나 빌고 손자들이 상 받아왔다는 정신 번쩍 드는 소식으로 마음의 향을 피우고 있다. 나 역시 그와 똑같은 계절에 살고 있다.

속을 떠보려는 심사인지 자꾸 나보고도 써보라고 재촉이다. 나 역시 애태워서 갈망하는 소원이 뚜렷하지 않다. 성격이 까칠해야 요것 조것 야심이 생기게 마련이다. 생활습성이 덜렁덜렁 술에 술 탄 듯, 물에 물 탄 듯 새로운 것에 대한 호기심 없이 세상을 산다. 톡톡 튀는 욕구가 없다. 작은 소원을 가지고 살아가는 것이 꿈인데 그마저도 없어 내가 봐도 딱하다. 그렇다고 청빈한 무소유자도 아니다. 이루어 질 수 없는 허욕이 동이덩이 만하다. 헛된 욕심이 나를 망가트리는 장애물이고 한 발짝도 못 나가게 하는 아킬레스건이다. 작은 소원은 이루어지지만 허황된 헛꿈은 비누거품에 지나지 않는다. 극명한 이치를 늙은 가슴으로 아직까지도 놓지 못하고 껴안고 있는 미련한 인간이다.

꼭 하고 싶은 일은 남하고 경쟁하는 데서 생긴다. 무슨 옷을 입고 무얼 먹고 어떻게 사느냐, 즉 의식주의 차등에서 생긴다. 훌륭한 행사에 참석 할 일이 없어 평생 점퍼 떼기로 산다. 사는 집도 비록 아내의 명의이지만 아직은 나가라는 말이 없으니 문제 될게 없다. 세상이 좋아져 해외여행이 유행이다. 혹시라도 엽지기가 한이 될까 봐 택시도 못 타는 주제에 해외여행을 몇 번 가봤다. 비행기에서 내리면 감동도 기억도 싹 사라지는 환각제다. 내 나라 내 산천에서 즐기는 것이 진정 즐거움이다. 먹는 것도 이태리 피자도 먹어보고, 프랑스 달팽이 요리, 중국 동파육도 먹어 봤지만. 어머니가 아궁이 장작불에 고추장양념 발라 굽는 한 첨 더 먹고 싶었던 삼겹살 맛만 못했다.

아차! 나에게는 그것이 없구나 하고 뜨끔해 본 적은 있다. 여정이 긴 여행 중이었다. 사람과 사람의 어울리면 묘하게도 뭐는 뭐끼리 뭉치게 된다. 주당 모임이 먼저다. 그렇게 모여 명함을 받아보니 지식인이 몇 있었다. 그들도 저녁이면 배우자를 방에 남겨두고 나오는 습성은 나와 같았다. 지식인들은 말을 아낀다. 알량한 술판에 나 혼자 떠들 때다. 한 사람이 몇 학번이냐고 묻는다. 나는 학번이 없는 사람이다. 학번이 없다고 하면 될 걸 뭔 자존심에 "다 같지 뭐." 했다. 순간 내가 허위 학번을 위증하는 사람이 되고 만다. 보통 사람들은 상대의 나이가 궁금하면 무슨 띠여, 혹은 몇 년 생이냐고 묻는데 건방지게 그들은 학번을 묻는다. 돌아와서 순리대로 살아온 녀석한테 물어보니 육일학번이란다. 그것이라도 알아 둘걸. 그랬으면 쩔쩔매지는 않았을 텐데. 후회가 막급하다. 대학 평생교육원에 다닐 때다. 과 과장한테 왜 학번을 안 주냐고 했더니 졸업 가를 불러야 준다고 하여 노래방에 가서 목이 터져라 노래를 불렀다. 백점이 안 나와 또 못 주겠단다. 학번은 평생 내가 가질 수 없는 버킷리스트다.

간절히 원하고 열심히 노력해도 이루어지지 않는 일이 또 있다. 오빠 소리를 들어 보는 거다. 인기 연예인을 펜들이 광적으로 부르는 소리는 비록 아닐지라도 좋다. 애틋한 목소리로 오빠 소리 한 번 듣는 것이 내 버킷리스트 두 번째 항목이다. 자손이 귀한 가문이다 보니 가까운 여동생 하나 없었다. 어릴 적부터 나이 어린 여자하고는 접촉을 못 해 봤다. 때문에 감각이 메마르다. 세상을 살다보면 어쩌다

유흥업소에 갈 때가 있다. 혹 가다. 휘황한 분위기에 아리따운 아가 씨들이 별처럼 곱다. 그런데 그들은 일행들에겐 오빠라 하는데 나보고는 징그럽게 오라버니라고 한다. 술 취한 상태로 들어도 오빠와 오라버니는 듣는 기분이 천양지차다. 그들에겐 내가 막잠 자고 난 누에로 보였나보다. 주위에서 공대로 오라버니라고 불러주는 사람이 몇 있는 데 그 사람들을 말하는 것은 아니다.

백가지 버킷리스트 보다 한 가지 소망이라도 이루어지려면 먼저 그 상황에 합당한 그릇이 되어야 한다. 우물가에서는 물 떠먹는 표주 박이 필요하고, 쌀독에서는 쌀 푸는 됫박이 되어야 한다. 남자의 가슴에는 세상을 쓸어 담을 함지박이 있어야 상 남자다. 무엇이 먹고 싶고, 어딜 가고 싶은 것은 졸장부의 버킷리스트다. 꼭 하고 싶은 일은 때가 있고 여건이 맞아야 이루어진다. 때를 놓치면 안 된다. 내가 학번을 가질 수 없고, 누가 날보고 오빠라고 불러 줄 사람 없는 것처럼. 세상 모든 일에는 때가 있다. 하늘나라에 가신 어머니를 목메어 기다리는 것은 버킷리스트가 아니다.

# _ 헌 집 고치기 _

아버지가 방에서 나오지를 않는다. 인부들이 공사 할 장비와 자재를 들여오는 요란한 소리에도 문이 열리지를 않는다. 마나님이 들어가 나 좀 편하게 살자는데 그것도 못 들어주느냐고 졸라도 소용이 없다. 마지못해 친정집 고친다는 소식을 듣고 오신 아흔을 바라보는 누님이 들어가 동생을 끌다시피 데리고 나온다. 아버지는 꼴 보기 싫은 듯 감은 눈으로 소리를 지르신다.

'선대들이 굶어가며 지은 집인데 어떻게 헐어.'

'할아버지 할머니 손때가 묻은 집이여. 나 편하자고 집을 뜯어.'

'대청마루를 뜯으면 제사를 어디서 모셔.'

'이 사람아! 제사 못 모실까 봐, 더 깨끗한 곳에서 모실 수 있어.'

고모님이 웃음으로 타박을 하신다. 집 고치는 동안만 아들네 집 아파트에서 지내시라고 부처님 이운하듯 아버지를 어렵게 모신다.

낡은 집에서 태어난 사람들이 다 모였다. 할아버지 후손들로부터 아버지 자식들까지 십여 명이 넘는다. 딸린 식구도 따라와 일개 소대다. 여러 식구들이 달려들어 살 때는 불편함을 모르던 집이었다. 지금은 모두 떠나고 노령의 아버지, 어머니 두 분만 살기에는 불편함이 한두 가지가 아니다. 뒤꼍에 화장실은 노인들이 사용하기에는 너무 멀다. 시꺼멓게 그을린 부엌은 귀신이 나올 것 같고, 깊고 깊은 우물

물은 양수모터를 달았어도 한 곳에서만 쓸 수 있어 부엌에서 쓰기가 용이하지 않다. 현대식으로 고치자고 형제들이 뜻을 모은 일인데 아버지가 용납을 못 하신다. 식구들 속마음도 아버지처럼 애착과 아쉬움이 많아 가슴이 저미는 마음들이다.

속은 헐었어도 동네 초입에서 올려다보면 좌처가 제법 번듯하게 보인다. 누에 잔등이처럼 부드럽게 흘러내린 선산자락에 매달려 있다. 증조부 밑에서 할아버지 소싯적에 지어진 집이라 나이가 백오십 살은 훨씬 넘는다고들 한다. 마당도 넓어 마을 공회당 같은 집이었다. 조부의 각별한 사랑으로 물려받은 집이라 아버지의 애착은 당연하다. 뿐만 아니라 그 집에서 태어나고 성장한 사람들도 자기의 밑 그림자를 보는 것 같아 모두들 애틋해 한다. 추억의 흔적 하나라도 담으려고 사진 찍기에 여념이 없다. 걸터앉아 하염없이 달님과 이야기하던 툇마루도 찍고, 야단맞고 숨어 울던 뒤란에 굴뚝도 찍는다. 사람의 정서는 아팠던 시절에 버리고 싶은 기억도 세월이 흐르고 나면 애처로워져 놓치고 싶지 않은가 보다.

드디어 벽을 허문다. 흙벽을 바르기 위하여 외를 얽은 솜씨가 단단하고 그 자재가 지금은 볼 수 없는 요상한 나무개비들이다. 부부 사이의 다정하고 화목한 금실지락을 옛날 사람들은 외얽고 벽쳤다고 표현한다. 그 뜻을 낡은 벽을 허물면서 실감을 한다. 나뭇가지와 흙이 한 몸이 되어 떨어지지 않는다. 구부러진 나무로 칸과 칸 사이 두 기둥을 연결하기 위하여 끼워 놓은 중방을 보고 옛 사람들의 알뜰하게 활용한 지혜에 탄복을 한다. 구석구석 숨어있는 특유의 묵은 냄새가 가슴을 찔러 뜨끔거리지만. 벽을 헐어내고 사방이 훤히 보이는 유리 창문으로 교체하여 묵은 체증을 털어버리고 싶은 마음이 앞선다.

옛날 한옥은 한 칸의 길이가 2미터 칠십이라 칸 살리가 협소하다. 반 칸은 1미터 삼십, 두 칸을 합쳐 봐도 넉넉한 넓이가 아니다. 그나마 면적이라도 확보 하려면 중간에 거치적거리는 기둥을 뽑아내야 한다. 버팀목 기둥을 제거하는 일이 가장 걱정이었다. 작업하는 사람한테 여러 번 물어 봐도 할 수 있다고 하여 맡겼지만 우려가 되어 현장을 지켜봤다. 우두둑 소리 한번 안내고 감쪽같이 앓더니 뽑는 것보다 더 쉽게 처리를 한다. 경이로운 기술에 탄복하여 칭찬을 한다. 작업자도 긴장을 많이 했다며 흐뭇해하며 웃음을 짓는다. 우리의 건축 기술이 시골 목수에까지 이토록 훌륭하게 전수(傳授)된 현실에 놀랐다. 한 기술이 백사람 몫을 하는 것이 인류가 지향하는 문명이다.

중간에 문제가 또 생겼다. 진척 사항을 점검하러 오신 아버지가 작업에 제동을 건다. 양변기 놓인 자리가 옛날 대감항아리 놓여 던 자리라며 그것만은 안 된다고 당장 옮기라고 불호령이다. 작업자들이 생활의 동선을 설명하고 급수와 하수처리의 이치를 이해시키려 해도 막무가내다. 선대들이 지킨 믿음만은 당신도 지키겠단다. 전통의 경외심을 목숨처럼 아끼신다. 믿는 마음은 어찌 할 수 없는 일이다. 마지못해 거역할 수가 없어 위치를 변경한다. 그리고도 또 새로운 문제가 터졌다. 농가 집에서는 본채의 뒤편에 허름한 물건을 보관하기 위하여 달개집, 즉 이어 짓는 집이 보통이다. 별 생각 없이 자유롭게 한 칸을 늘려 지었다. 행정관청에서 득달같이 달려와 헐라고 해서 별 도리 없이 포기를 했다. 집 짓는데 시비가 없는 것이 자연스러운 것이다.

모든 생명체들은 삶을 영유하고 존속을 번영하기 위하여 첫 번째 사명이 집을 짓는 일이다. 하다못해 벌레들은 물론이고 기생충 같은 미물들도 집을 짓는다. 새나 나비 같은 곤충들이 지은 집을 보면 예술이다. 경이롭다 못해 경악을 금치 못한다. 마음대로 집짓는 새와 벌레들이 부럽다. 조물주가 창제한 모든 생명체들에겐 주어진 특별한 기술과 재료가 주어져 집을 짓는 데는 아무런 제약이 없다. 사람만 집을 짓는데 규제가 따른다. 건축하는 친구가 술만 먹으면 입버릇처럼 하는 말이 있다.

'집 세 채만 지어봐라, 도둑놈 안 되나.'

듣다보면 온갖 규제에 시달린 푸념이 안타깝다. 집합 사회이기 때문에 어쩔 수 없지만 조물주가 인간에게 준 사랑의 집 형태는 과연 어떤 집일까.

추석 밑에 완공을 보았다. 낡은 집이 달라진지도 모르고 실개천은 여전히 흐르고 아침 해가 돋아 하루를 열고, 산그늘이 내려와 하루를 닫는다. 햇살과 바람이 고맙게 그날 그 날을 여일하게 펼쳐준다. 겉모양도 깨끗해져 새 계절하고 잘 어울린다. 새롭게 고쳤어도 온화하고 소박한 본디는 여실히 남아있어 옛 정취는 그대로다. 명절에 고향 찾아온 사람들이 집 고쳤다는 소리를 듣고는 모두들 몰려들어 술판이 넘친다. 어머니와 자식들은 신바람이 나 음식을 나른다. 아버지는 아직도 미심쩍고 아쉬움이 남았는지 뒷짐을 쥐고 마당을 서성이신다. 뒤뜰 감나무에 앉은 까치가 갸웃거리며 안녕을 빌어준다.

# 안일균

멋지게 물들고 싶다. 간절하게
휩쓸고 지나간 바람처럼
끝없이 흘러서 붉게 물들고 싶다.

+ 시 작품 | 가을을 달다 | 가을 단상 | 커피 한 잔 | 안부 | 인생역전

## PROFILE

경기 화성 출생. 동남문학회 회원.
저서: 공저 『천천히 조금 천천히』 외 다수.
E-mail: nadaroge@hanmail.net

# 가을을 날다

하늘이 파랗다
가을 하늘 위로
찬란히 물든 꽃밭으로
쓸쓸한 땅으로

나비도 잠자리도
햇살이 스치고 간 자리
이슬처럼 거기 날아 앉는다

날고 싶은 것들이 어디 그뿐이랴
노을빛에 붉게 물든 갈대들도
화려한 가슴으로 바람에 떨린다

철새들도 비상을 준비하고
먼지처럼 흩날리고 마는 하늘로
한 계절이 지나가고 있다

알바트로스처럼 뒤뚱거리며
벼랑 끝 세상에 몸을 실어
눈부신 이 가을을 날고 싶다

# 가을 단상

늦가을 바람소리에 귀를 열고
갈마른 계절을 지나 먼 바다에
쓸쓸히 무너질 파도소리를 듣는다

노을에 물든 처녀가 바람을 일으킨다
가지를 벗어난 나뭇잎이 허공에 파르르
주술에 걸린 무녀의 마지막 옷고름처럼

영원히 피어있을 것 같은 꽃들에
강마른 땅위에 너울처럼 요동치던 바람에
대지의 바다로 한 생명이 내려 앉는다

춤판이 끝나버린 소슬한 일렁거림
유일한 관객도 지금은 귀를 닫고
거리의 수면 위로 울컥이는 바람이 차다

# 커피 한 잔

철없던 시절이었다
무작정 달려드는 야수의 본능처럼
어쩌면 그것은 순수한 열정의 돌발이었다

그가 말하지 않아도 알 만큼의 시간들
늘 웃으며 무슨 말인가를 내게 속삭이지만
중요한 건 이미 내 마음속에 익숙하다는 것

일상처럼 되어버린 습관성 증후군
만남 그 자체만으로도 채워지는 행복은
설레임, 그 이상의 가을에 만추

많은 계절을 지나서 찾아온 여분 사이로
한 계절 밀려든 유혹에 헤어나지 못하고
커피잔에 말간 영혼들이 허공으로 흩어진다

# 안부

누군가 요즘을 묻습니다
별일은 없는지
그런 그에게 죽지 못해 산다고 합니다
그냥 예의차 하는 말인데

누군가 건강을 묻습니다
그냥 그럭저럭 살핀다고 합니다
매우 걱정되서 묻는게 아니라
그냥 인사차 묻는 것인데

누군가 사업을 묻습니다
몸만 고달프고 득이 없다고 합니다
잘 돼도 엄살은 목구멍이 포도청입니다
사업이 원래 그런 것인데

요즘에 나만한 일
건강에 나만한 일

사업에 나만한 일은

누구나 흔히 겪는 일인데


누군가에겐

안부가 꼭 그리워집니다.

## 인생역전

세탁기에서 멜로디 소리가 납니다
네 알았어요
설거지통에 빈 그릇이 많아요
아, 그런가요

오늘 재활용 분리수거하는 날입니다
깜박하고 잊었어요
이제 낡은 넥타이와 구두는 버리세요
그래도 아직 쓸만한데요

동글이 청소기는 돌리셨나요
청소 상태가 안좋아요, 제대로 하셔야죠
당신이 좀 하면 안될까요
어림 반푼어치도 없지요

언제부터인지 알 수가 없다
갱년기가 시작되고부터이었는지

중년으로 넘어설 무렵부터이었는지
제 역할이 뒤바뀐 것이다

나는 외출이 줄고, 그녀는 외출이 늘고
백화점에 간다는 그녀를 만류해 보지만
눈요기만 하고 온다던 사람이 쇼핑백을 들고 온다
무엇을 샀는지도 가격도 물을 수가 없다

드라마를 봐도 이제 눈물이 고인다
들꽃을 봐도 앙상한 갈댓잎을 봐도
어린아이와 백발의 노인들을 봐도 마음이 짠하다
소심해진 것인지 감성이 되살아난 것인지

슬금슬금 눈치만 보던 그녀가
지금은 택도 없다는 듯 나를 대한다
타협은 없다. 그녀가 욜로족이 된 것이다
호르몬의 반격 바로 인생역전이다

# 김영숙

나를 지배하는 시간 속에서
또 한 해가 마무리되어가는 시점.
선택하지 않으면 휘둘린다 했던가.
이제 선택하며 살아가자….

+ 시 작품 | 이 가을엔 | 슬픈 언어 | 땅따먹기 | 미니멀 라이프 | 쉼표

## PROFILE

『한국문인』시 부분 당선 등단. 한국문인협회, 문파문인협회,
경기시인협회, 수원시인협회 회원. 동남문학회 회장 역임.
동남보건대학교 평생교육원 시낭송지도자과정 졸업.
시낭송 수원예술인협회 부회장. 수상: 제8회 동남문학상.
저서: 『문득 그립다』, 공저 『1초의 미학』 외 다수.

# 이 가을엔

고독이

빨간 단풍이 되어

떨어져 내리는 밤

출렁이는 너의 잔상

그리움으로 더욱 짙어지는데

눈만 깜박깜박

단풍잎만 쌓이네

아침이면

창가엔

너의 잔상들

수북이 쌓여있고

빨간 물결 따라서

이 가을엔

어디에나 가볼까

흔적 없이 떨어지는 너처럼

바람결에 흔들이는 꽃잎이나

되어볼까

## 슬픈 언어

말 속에 슬픔이 있어
내 마음이 슬퍼지고
말속에 독이 있어
내 마음이 아프네.

아프면 약으로 치료되지만
맘이 아프면 세월이
약이라는데
얼마만큼 세월이 흘려야 약이 될까

우린
오늘도 슬픈 언어 속에서 서성이고
그만큼
세월은 길어지고

## 땅따먹기

가을바람이 부는 시골 골목길
골목길 안에서 가방을 던져놓고
손을 벌리는 만큼 땅을 가져가는
땅따먹기 놀이 중이다

유난히 손이 큰 돌이는 오늘도
제일 많은 땅을 가지게 되고
손이 작은 순이는 오늘도
열심히 땅을 땄지만
마음에 들지 않는다.

오늘도 텔레비전 화면 속에서
땅따먹기 게임은 계속되고
네 머릿속엔
그 시절
양 떼 목장 그려지는 하늘 아래
골목길에서의 돌이와 순이 추억이
생각날 뿐

## 미니멀 라이프

베란다 끝 고인돌처럼 우뚝 서 있는
커다란 그릇장
신혼부터 나를 따라다닌
모양이 다른 그릇들이 그 속에서 자고 있다

어느 날 문득 그는
베란다에 놓여있는 그 고려장을 버리자고 성화다
이삼십대 뜨거웠던 여름날을 보낸 것들의
미련과 추억들도 있었겠지만 어쩜 그 속에
나의 욕심도 한가득 숨 쉬고 있었으리라
커다란 사다리차에 실려 가는 그릇장
나의 미련과 욕심을 보니 서운함도 잠시 비움으로
행복해지는 나

이제 이렇게 살고 싶다

혼자 피고 혼자 지는 들꽃처럼

바람처럼 비처럼 시원하게

시원하게 비우면서 조용히 떠오르는

달빛을 감사하며

## 쉼표

까르르 웃는 너의 모습
나는 쉼표를 느낀다.
웃음 한 번으로 어두웠던 마음이
빛으로 열리고 솜사탕이 입 안에서
사르르 녹아내리듯이
너의 웃음
나의 쉼표가 되었다

너의 맘속에서
나는 추방을 당했다고 느꼈을 때
몹시도 외롭고 힘든 나날
너를 본 순간 언제 우리에게 그런
일들이 있었냐는 듯이
웃는 너의 모습에
쉼표가 찾아왔다

하루하루

고된 일과의 마무리에서 잠시

허공을 한 번 보고 쉬어가듯이

너와 나

서로의 쉼표다

# 김숙경

한 해가 많은 소리를 냈다.
삐걱이기도, 톱니바퀴처럼 잘 돌아가는
그럴듯한 삶이기도 했다.
하지만 어디에 내놓아도 여전히 결실 없는 게 많다.
자업자득은 나를 또 어느만큼에서 진보하게 할까.
작은 희망을 걸어본다.
가을이 아주 깊어졌다.

+ 시 작품 | 나이 | 꽃이 피긴 틀렸어 | 신발 | 배웅 | 슬픈 그림

## PROFILE

2006년 『한국문인』 신인상 당선 등단. 2016년동남문학회 회장 역임
한국문인협회 회원. 문파문인협회 운영이사. 수원문인협회 사무차장. 경기수필가협회, 동서문학회 회원.
제10회 동남문학상, 제32회 경기수필작품상, 2017년 수원문학인의상 수상.
저서: 『엄마의 바다』. 공저 『풍경 같은 사람』 외 다수.

# 나이

경사진 도로 가운데

나이가 서 있다

저 홀로도 미끄러져 가는 길 잡으려다 같이 비틀거린다

길 한가운데 노부모들 장탄식 아지랑이처럼 피어오른다

그들 보다 더 내려놓고 싶은 내 한숨들

순리로 가는 뙤약볕 그늘조차 없다

종점을 알리는 신호등이 자꾸만 깜빡인다

멈칫 주저앉고 싶은 이승의 간당간당한 푸른 신호등

질주한 삶의 저 너머 허무한 야윈 어깨

완강하던 종아리 아기 팔뚝 같다

빨간 신호등 재촉한다

삶의 끈들은 여전히 휘장처럼 나풀거린다

일장춘몽 만장 이끌며 뚜벅뚜벅 걷는 길

회한의 바람이 보인다

## 꽃이 피긴 틀렸어

언제부터인지 꽃이 지기만 했어
돌돌돌 귓가에 시냇물 흐르던 소리도 멈췄어
탁탁 털어 널던 바지 스웨타 런닝구 속옷도
빨랫줄에 앉지 못하고 서성대기만 했어
가을 오후 한때 춤추며 선회하던
잠자리 참새 나비도 텅 빈 마당에 음표를 그리지 않은지 오래였어
바지랑대 넘어져 일어설 줄 몰라도 아무도 일으켜 세우는 사람 없었어
윤기 잃은 사물들 손때 묻은 그 여자의 분신들은 풀이 죽은 지 오래,
다시는 손끝에서 꽃이 피려고 하지 않는 거야
꽃이 피긴 틀렸어
한숨 짓는 그녀의 감자알 같은 자식들은
아직도 꿈을 꾸지
정지된 화면 속 엄마를 아직도 넘기지 못한다고

# 신발

.

새로 신은 구두 온 발 다 헤집는다

볼 넓은 앞쪽 커다란 물집 잡히고

뒷굽에 적응하느라 뒤꿈치 너널너덜하다

내 삶의 모양도 이러하거늘

애써 발 밑 세상에서 애면글면하는 일

탓해서 무엇하랴

물집 잡힌 상처에 피가 나고 멈추고

굳은살이 박인 다음에야 온전하게 되는 일을 알아차릴 때

그때는 넓은 세상으로 걸어가리란 걸.

# 배웅

두툼한 등을 쓰다듬느라면 울컥
눈으로 길을 낸다, 이제
제 집이 있어 잠깐 들러 가는 길
품 안의 서른두 해 짐들이 그 애의 손에
하나둘 들려 나간다
갔다와 하다가 아니,
너의 집은 여기가 아닌 저기지
인사가 바뀌었다
또 와
이제 손님처럼 떠나는 식구가 늘어간다


그 자리가 덩그러니 휑하다
품 안이 짧아진 길
무척 길어진 품 밖 길

## 슬픈 그림

차창 밖 저 멀리

점점이 찍힌 불빛들

창에 달라붙는 빗방울처럼 흔들리다 사라진다

집으로 돌아간다 하면서

친정집 뒷 사립문 동구나무에 걸어 놓은 근심

마흔 몇 살 나이 동생, 정신연령 얼마쯤 가늠할까

아직도 모르겠는 남자

매미같이 달라붙어 생계와 맞서던 엄마

그믐달이 되어간다

침대 위에서 한 발짝도 내려올 수 없다

이도저도 귀찮은 83세 서슬 퍼런 호랑이 같던 아버지

낮달이 되어 노을 속으로 자꾸만 숨는다

종이짝 같은 허름한 어깨가 눈물겹다

무수한 시름

유리창에 가득 퍼붓고 가는 빗방울

한 번에 쓸어주는 와이퍼

그처럼 웃고 싶다

# 전옥수

시 한 소절
주홍빛 립스틱 하나
싸리꽃 수놓인 손수건 한 장
뒹구는 낙엽 한 줌
차곡차곡 담겨질 가슴 안고
진한 가을빛 그녀가 내게 달려왔다.

+ 시 작품 | 죄와 벌 | 백내장 | 덫 | 캐리어 | 그 사이

## PROFILE

2008년 계간『문파』로 등단. 한국문인협회, 수원문인협회 회원. 현재 동남문학회 고문.
계간『문파』편집위원. 제10회 동남문학상 수상. 저서: 시집『나에게 그는』,
공저『풍경 같은 사람』『2017문파대표 시선55』외 다수.
E-mail: ohksu1003@naver.com

## 죄와 벌

소리 없이 내 안에 들어와
싹 틔운 모양이 예사롭지 않다
씨 뿌리지 않아도
집요하게 생성되던 기이한 늪
땡그란 떡잎부터
간드러지는 달콤함으로
싱그럽던 내 여름을 홀딱 빼앗더니
미처 뽑아 버리지 못한 피들은
여기저기 바람처럼 어지럽게 자라나
검은 군락 되었다
짙어진 계절에
어둠은 더욱 무성해지고
소화되지 않은 묵은 시간들은
소경처럼 허우적거리다
덕지덕지 붙어 찢겨진 광고지처럼
온갖 쭉정이로 남았다

# 백내장

어머니 눈 속에

녹슬고 닳아진 지구 한 알 있다

꽁꽁 싸고 있던 희뿌연 몸부림이

둔탁한 이물로 굳어져 앞은 늘 막막했다

무엇을 그리 보고 싶지 않았는지

지구를 싸고 있던 시간들은

굳어진 흔적으로 입을 꼭 다물었다

한 올 빛 향한 끝없는 조준

섬세한 의사의 손길이 길을 낸다

동공에 드리우던 막이 서서히 열리고

무엇이 그리 애타게 보고 싶었는지

산맥처럼 이어진 실핏줄에 몸을 맡긴 지구는

건조하고 무디어진 눈꺼풀에 싸여

주름진 여든 세월을

낯선 오늘처럼 더듬고 있다

# 덫

단도리 못한 마음에
속눈썹 같은 잔 금 몇 개
교차되고 이어지는 순간
번개 같은 섬광 번뜩이고 지났다
곪아터진 속내로 사람 하나 숨어들어
며칠 낮밤을 덜컹거리며 흔들어대다
쏟아 붓는 폭우에 흠뻑 젖는다

품어야 할 가슴 아직도 먼데
만이라는 명분 올무 되어
본능처럼
담쟁이 발톱 같은 갈퀴 바짝 세웠다
굽이치다 갈 길 잃은 숙명이라는 덫
흙탕물에서 표류 중이다
지금

# 캐리어

긴 지퍼를 연다
엎질러진 물처럼 흐느적거리던 시간들이
후줄근한 얼굴로 한참을 마주했다
성급하게 말라버린 무늬들을 모아
조각조각 개키고 손과 발은 가지런히 접어
캐리어 속에 모로 눕힌다

설렘과 두려움의 교차점
공허가 일어 부풀어지는 만큼
찌든 얼룩의 냄새가 가득한 캐리어 속 공간
들뜬 공항의 풍광은 순식간에 사라지고
이륙을 생각하며 나는 눈꺼풀을 내린다
귀가 먹먹해지고
날개가 비스듬히 보이는 좌석에 앉아
큰 숨을 들이 마시고 다시 내뱉는다

회색빛 구름이 뭉실거리다

발바닥에 긴 멀미가 밟힐 즈음

짐칸에 올려둔 먼지투성이 된 시간들이

하나, 둘

좁은 통로를 비집고 걸어 나온다


구름 사이로 언뜻언뜻 보이는 하늘이 새파랗다

# 그 사이

욕실 바닥과 벽면 사이
타일과 타일의 연결 홈에
빌붙어 서식하는 미생물들
감쪽같이 말갛다

게으름과 나태 사이
방심과 무관심 사이
씻어내지 못한 얼룩
줄지어 일어서는 곰팡이들

눈 깜짝할 사이
지독한 사이의 경계
그 사이

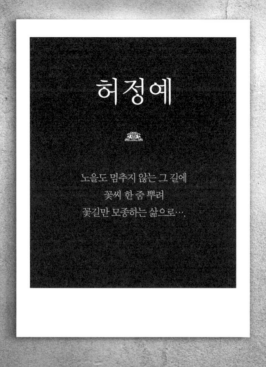

허정예

노을도 멈추지 않는 그 길에
꽃씨 한 줌 뿌려
꽃길만 모종하는 삶으로….

+ 시 작품 | 아직, 꿈꾸는 별 | 채송화 | 억새 | 가을 속으로 | 겨울 숲

## PROFILE

강원도 홍천 출생. 방송통신대학교 국문학과 졸업. 동대학교 문화교양학과 졸업.
2009년 『문파』로 등단. 경기시인협회, 수원시인협회, 국제 PEN클럽, 수원문인협회 회원.
수원문학 아카데미, 동남문학회 회장, 문파문학 운영이사. 시집: 『시의 온도』.

## 아직, 꿈꾸는 별

유년의 밤은, 별 동네로 반짝였다
총총히 박힌 별들의 속삭임 엿들으며
가슴에 불 지펴 밤마다 꿈 찾아
은하수 맴돌았다

매연의 도시 하늘은 는개 같은 시야로
헤아릴 수 없는 밤이다
삶의 길에 접어들 무렵
지상에서 또 하나의 큰 별을 눈에 넣었다

푸른 견장의 심연에서
반짝이는 두 별을 품에 안았다
나의 행복의 지표요
삶의 첫 단추 여는 소중한 인연이었다.

사랑할 수 있고 희생해도 행복한
손끝 발끝까지 힘을 주던 별 하나, 또 하나

푸르기만 하던 별들,


외로운 항해를 건너려 한다.

멀리 가까이 인연의 손짓 외면한 채

아직 손끝에서 맴돌고 있다

# 채송화

돌담 돌아 운동하는 길
접시만 한 땅 위에 자매처럼
빨간 입술 조아려
앙증맞게 웃고 있다

눈 화살에 꽂힌 먼~ 기억
떠날 수 없어
꽃잎 총총히 들여다본다.

앞집 뒷집
줄 맞춰 세워 놓은 아련한 물결 속에
새겨지는 유년의 문신
고향의 얼굴들이 웃고 있다

앞줄에 채송화 심어놓고
차돌 울타리 앉히던 동심의 날개
고향 숨결에 젖은 이 시간
추억을 더듬고 있다

## 억새

산자락에 걸쳐있는 구름 아래
귀밑머리 흩날리듯
능선 따라 피어나는 은발의 여인


서산에 넘어가는 노을빛에
얼굴 붉히며
못 이룬 사랑
가슴 풀어 흐느낀다.


이별이 서러워 가슴 저미며
걸어온 발자국마다
억새로 피어나


아직도
첫사랑 기다리는가?
천릿길 달려온 누더기 심장, 억새의
울음에 발걸음 멈춘다.

# 가을 속으로

하늘이 가을 문 열면
갈바람은 들녘에 내려앉아
스치는 어깨 위에 앉는다.

청잣빛 하늘 새털구름
잔잔한 호수 위에 무리 지어
춤추는 백조의 날개

산문山門의 나뭇잎 하나둘 붉어질 때
설레는 마음 구름처럼 부풀어
하늘바다에 풍덩 빠지고 싶다

풀벌레 울음소리 높아지면
벼 이삭 고개 숙여
가을 앞에 낮아지며

길가 코스모스꽃 무리에

카메라 눈동자

꽃잎 붉은 얼굴 해맑다


귀뚜라미 울음에 뒤돌아보니

어느새 당신은

나뭇잎 물들이고 있네

# 겨울 숲

거기에 가면
발가벗어 더 부끄러울 것 없는
죽은 것 같으나 살아 서 있는
나체들 마을

윙윙 바람 불어 칼질을 해도
꼿꼿이 버티는 내면의 뿌리
긴 안테나로 교신한다.

절기를 뛰어넘을 수 없듯
눈바람과 추위를 이겨내는 것만이
억만년 넘도록
지켜온 그들의 방식이다

삶의 길에
눈 비바람 맞아보지 않은 이 있는가?

저 ~찬바람 불어대는 겨울 숲

봄볕에 돋아날 피붙이를 잉태하며

침묵으로 세월을 기다린다.

# 박경옥

볕 바른 창가에 제라늄 꽃 한 송이
목을 길게 빼고 분홍빛에 물들었다.
창밖은 온통 단풍이 절정인데
누군가 걸어 놓은 약속처럼
맑고 환한 웃음이 따뜻하다.

+ 수필 작품 | 꽃차를 마시며 | 내 푸른 자전거 | 아침 단상

## P R O F I L E

전북 군산 출생. 2008년 계간『문파』로 수필 등단. 2010년『한국시학』으로 동시 당선.
한국문인협회 60년사 편찬위원. 계간『문파』편집위원. 한국카톨릭문인협회, 수원문인협회 회원.
동남문학회 회장 역임. 저서: 수필집『발자국마다 봄』, 공저『풍경 같은 사람』외 다수.

# _ 꽃차를 마시며 _

봄이 오는 소리가 들린다. 요 며칠 바람 끝이 살갑게 감기는가 싶더니 드디어 빗방울들의 수런거림이 유리창으로 흘러내린다. 이런 날은 은근한 향기가 촉촉하게 스미는 꽃차를 마시고 싶다. 오밀조밀 작은 병들이 키를 맞대고 있는 찻장 앞에 선다. 물기를 떠나 보낸 꽃잎들의 얼굴이 바삭하다. 그 바삭함 속에는 들녘에서 흔들리며 품었을 햇살과 바람의 빛깔이 묻어있다. 거친 들판 혹은 숲속 나무 아래서 아침을 맞고 이슬을 머금고 때론 폭풍 같은 바람의 갈기에 몸을 맡기고 저녁 빛깔 속에 저무는 노을에 물들었을 꽃잎들의 환희가 느껴진다.

언제부터인가 새벽 산행을 하는 날에는 풀숲에 피어있는 작은 꽃을 눈여겨 보는 버릇이 생겼다. 공기 오염이 없는 곳에서 이슬이 깨기 전에 따야 좋은 꽃차를 만들 수 있다는 것을 알고부터다. 밤이 되면 꽃은 대지의 기운을 머금고 있다가 아침이면 그 기운을 내뿜는데, 밖으로 기운을 내놓기 전에 따는 꽃이 가장 맛과 향이 좋다고 한다. 사람이나 꽃이나 생명이 있는 것이면 다 휴식을 충분히 취하고 나야 정신이 맑아지는 모양이다.

이른 아침에 가장 맑은 기운을 가지고 있는 꽃잎을 따다가 응달진 곳에 잘 말리고 작은 유리병에 담아 놓는 일도 차를 마시는 것만큼 향기로운 일이다. 막내 동서가 정성껏 따고 말려서 봉지 봉지에 담아 보내준 것이 많다. 꽃잎처럼 예쁜 동서의 손길이 찻물을 따를 때마다 마음 안으로 스민다. 지혜롭고 차분한 그녀의 미소가 말갛게 우러난다. 도자기 작업을 하는 그녀의 손에서는 도자기 접시가 꽃잎으로 피어나고 각종 액세서리가 나비의 날개를 달고 탄생한다. 솜씨와 맘씨가 꽃차처럼 맑다.

가끔씩 작은 일에도 자신감을 잃고 무너지고 부서질 때가 있다. 그런 날엔 봄비처럼 부드럽게 적셔주는 꽃잎차의 향기가 위안을 준다. 시들어가는 화분에 물을 주듯 점점 윤기를 잃고 퇴락해 가는 내 안의 것들을 끄집어내 생기를 불어넣기 위해 물을 끓이고 꽃잎을 띄운다. 내가 가장 아끼는 다기는 지인이 도자기를 손수 굽고 꽃잎도 그려 넣어 만들어 준 주전자 모양의 꽃잎차 전용 다기다. 이 예쁜 다기만 봐도 기울어진 내 마음이 일어서곤 한다.

작은 꽃잎의 들꽃 차를 마시면 어느 숲길에서 만난 바람에게서 묻어나던 향기가 난다. 서서히 우러나는 옅은 물빛은 일상의 소란에 뒤척이던 마음을 평온하게 가라앉힌다. 찻잔을 두 손에 감싸면 따스한 온기가 온몸으로 퍼진다. 어제까지 미워했던 k도 용서할 것 같다. 내일은 내가 더 양보하고 들꽃처럼 웃어줘야지 하고 생각한다. 나도 누군가의 위로가 되고 싶은 마음이 새순처럼 돋아난다. 설령 다시 미움이 생길지라도 차를 마실 때만큼은 나도 말갛게 우러나고 싶은 것이다. 수풀 속에 숨어 있던 달콤하고 나긋한 향기까지도 내 안에 품고 싶은 것이다.

은은한 빛깔과 향기로 마음을 다스려 주는 꽃차처럼 고운 심성을 지닌 이가 있다. 그녀의 웃음은 늘 수줍다. 나이가 오십을 넘어선지 오래인데 늘 한결같다. 어디서나 있는 듯 없는 듯 제 목소리를 내지 않고 곁에 있는 사람들을 고요하게 받쳐준다. 성가신 일이 생겼을 때도 마다하지 않고 먼저 나서서 소리 없이 해치운다. 그래서 늘 분주하지만 조용하다. 옅게 우러나는 생강나무 꽃차의 빛깔 같은 결 고운 심성을 지닌 그녀 옆에 있으면 너그럽고 편안해진다. 내가 감히 흉내낼 수 없는 그녀만의 향기이기에 부러워만 할 뿐이다.

간혹 날씨가 흐리고 마음이 가라앉는 날엔 바람 부는 강가 어디쯤에서 뒤척이며 피었을 들국화의 꽃잎을 찻잔에 띄운다. 서서히 번져가는 은은한 국화의 빛깔을 기다리는 시간이 가을 저녁처럼 고즈넉하다. 연노란 찻물을 한 모금 머금어 보면 그 향기에 취해 조급한 마음이 느슨하게 풀어진다. 열을 내리게 하고 염증을 가라앉힌다고 해서 한방에서 약재로 쓰고 있는 국화차는 내가 유독 좋아하는 꽃잎 차 중 하나다. 국화차처럼 깊고 그윽한 성정을 지니지 못한 나를 부끄러워하면서 차를 마신다.

가끔 장미꽃 차를 마실 때가 있다. 장미꽃 차는 이름만큼이나 화려한 빛깔이다. 작은 꽃봉오리 하나를 찻잔에 넣고 뜨거운 물을 부으면 천천히 꽃잎을 펼치면서 붉은 노을 빛깔로 우러난다. 화단에 피어 있을 때의 그 진한 향기는 없다. 화려한 찻물에 비해 차 맛은 그리 진하지 않고 제법 진중하고 맑다. 활짝 펼쳐지는 꽃잎을 보면 매혹적인 여인의 웃음 같다. 우울했던 마음이 구름 걷히듯 사라지고 일순 상큼해진다.

열린 창틈 사이로 젖은 바람 한 줄기가 숨죽이며 들어온다. 이제 저 비가 그치면 숲속에선 그윽하게 기지개를 켜는 봄꽃들이 솜털을 벗고 일어설 것이다. 말갛게 우러나는 꽃차처럼 봄 햇살도 나긋하게 창가에 배어들 것이다. 우리 삶의 언저리에도 저 꽃물 한 자락쯤 향기를 품고 배어 있을 것이다. 곁을 스칠 때 살짝 그 향기 배어나는 사람이면 좋겠다.

# _ 내 푸른 자전거 _

　땅거미가 지고 아이들이 하나둘씩 집으로 돌아가 버리고 나면 골목길은 나팔꽃이 꽃잎을 접듯 한낮의 수런거림을 가만히 내려놓고 은밀한 휴식에 잠긴다. 그 어스름이 감겨오는 골목의 정적을 더듬거리며 구부러진 길 저편에서 자전거 한 대가 외등이 켜지듯 작은 불빛을 아스라이 비추며 들어온다. 아버지의 자전거는 언제나 그렇게 골목길의 외등이 켜질 때쯤이면 나타났다. 새벽 어둠을 밀어내고 서늘한 바람 냄새를 일으키며 자전거를 타고 나가셨다가 혼곤한 하루의 피로를 싣고 구부정한 모습으로 자전거와 함께 들어오셨다.

　푸른 색이 벗겨진 자전거는 아버지가 출퇴근 용으로 늘 타고 다니셨고 오빠들과 언니와 여동생이 그 자전거를 타고 심부름을 다녔다. 어린 내게 자전거는 단순히 물건이 아니었다. 가족처럼 언제 어디서나 함께하는 우리 가족의 동반자였다. 제 할 일을 끝내고 나면 문 앞에 다소곳이 서서 밤이슬을 맞고 있던 고즈넉한 낡은 자전거 한 대가 지금도 내 기억을 따뜻하게 한다. 그러나 자전거를 탄 풍경 속에선 나는 존재 하지 않는다. 다정한 그 자전거는 내겐 '가깝고도 먼 당신'이었다. 푸른 바람을 일으키며 달리는 자전거의 두 바퀴는 내겐 너무 두렵고 아득한 그림이었다.

　가끔씩 작은오빠는 나를 자전거에 태우고 휘파람을 불며 시내로 나가기도 했는데 발이 닿지 않는 자전거 페달을 밟기 위해 엉덩이를 이쪽저쪽 들썩이며 달리는 모습은 우습고도 신기했다. 오빠의 허리를 꼭 잡고 겁이 난 모습으로 매달려 있는 나를 돌아보며 자전거 타는 게 얼마나 쉬운지 또 얼마나 재미있는지 설명 하느라 바빴다. 다른 건 다 용감하게 덤비면서 자전거만 무서워하는지 모르겠다며 고개를 젓곤 했다. 그랬다. 예나 지금이나 바퀴가 두 개뿐인 자전거는 내게 넘어설 수 없는 두려움의 장벽이다.

나와는 거리가 먼 자전거와의 인연이 잠시나마 내게 찾아온 적이 있다. 너무도 오래전 일이라 꿈결 같은 기억이다. 청춘이었던 그때, 어린 조카들이 타고 다니는 보조바퀴 달린 자전거를 보면서 보조바퀴가 있으면 문제 없겠다 싶어 자전거에 올라탔다. 옆에 달린 아주 조그만 바퀴가 나를 든든하게 지켜준다고 생각하니 겁이 사라졌다. 며칠간의 시도 끝에 보조바퀴를 떼어내고 처음 달려본 그날은 노을이 붉게 물들던 가을 저녁이었다. 나도 해냈다는 뿌듯한 환희가 온몸으로 밀려왔다.

집근처 천변의 억새들이 풀어헤친 머리카락을 날리며 서로의 어깨를 부비고 있었다. 나도 이제 자전거를 타고 어디론가 떠나보리라. 뒤척이는 강물의 울음소리를 들으며 자전거를 타고 강변을 달려보리라 꿈에 부풀었다. 아침 바람의 흐뭇함에 몸을 맡기고 달리는 천변 길의 풀냄새와 저녁의 등줄기에 흐르는 어스름한 가을빛은 지금도 강둑에 매어 놓은 나룻배처럼 가슴 안에 고요히 정박해 있다.

나는 한동안 천변 길을 오가며 그렇게 자전거를 탔다. 은발의 억새꽃이 찬바람에 빛을 잃을 때까지 나만의 흐뭇한 시간을 즐겼다. 하지만 내 한계는 거기까지였다. 땅거미가 내려앉고 있던 어느 날, 한적한 천변을 벗어나 조심스레 차도로 나오자 모든 차가 나를 향해 달려오는 것 같았다. 급하게 핸들을 꺾는다는 게 그만 가로수를 왕창 들이 받고 고꾸라졌다. 자전거 바퀴가 돌아가고 손과 발에서 피가 흘렀다. 자전거를 끌고 비틀거리며 집으로 오던 그날 이후 나는 자전거와 영영 이별을 했다. 하지만 그때 천변에 흔들리던 억새와 서산으로 넘어가며 번지던 수채화 같은 저녁놀과 발아래 엎드린 채 웃고 있던 가을 들꽃들의 수런거림은 내 삶 저 편에서 자전거를 탄 풍경으로 남아 있다.

얼마전 그동안 타고 다니던 오래된 애마를 떠나보냈다. 가까운 곳은 주로 걸어 다니던 습관이 있어 크게 불편함은 없었다. 하지만 무거운 노트북과 책을 들고 도서관을 오가는 일은 버거웠다. 버스 정류장이 어중간한 거리의 도서관을 걸어 다니다 보니 손목과 어깨가 시큰거렸다. 그래서 생각한 게 자전거다. 자전거를 타고 도서관을 가고 마트도 다니는 내 모습을 상상만 해도 신이 났다. 아이들도 타는데 그깟 자전거 못할 게 없다는 오기가 생겼다.

일단 저지르고 보자는 생각에 자전거부터 샀다. 예쁜 민트 빛깔의 바퀴가 아주 작은 자전거다. 발이 땅에 닿아 쉽게 멈추어 설 수 있도록 안장을 최저로 낮추었다. 밤 11시경 사람과 차량이 적은 틈을 타

연습을 시작했다. 몇 번 넘어지기도 하였지만 아파트 안을 제법 안정
감 있게 돌 수 있게 되자 용기를 내 차도로 나왔다. 역시 달려오는 자
동차 앞에선 그대로 얼음이 되고 말았다. 쬐끄만 앞집 꼬마도 두발
자전거를 자유자재로 타고 다니는데 내가 참 한심하고 바보 같아서
자괴감이 느껴졌다. 결국 자전거를 베란다에 세워 둔 지 몇 달이 흐
르고 있다.

　아침마다 오르는 등산로 입구에는 누군가 버리고 간 빨간색 자전
거 한 대가 오래전부터 서 있다. 방치되어 있는 낡은 자전거를 보면
서 허물을 벗어 버리듯 낡은 동반자를 벗어놓고 간 자전거 주인은 누
구였을까 잠깐 궁금증이 인다. 날이 갈수록 빛이 바래고 녹이 슬어가
고 있는 저 자전거는 초록빛 바람을 가르며 힘차게 달렸던 그때를 반
추하며 하루를 견디고 있는 건 아닐까. 다시 달릴 수 있을 거라는 꿈
도 꾸면서.

　아스파라거스와 꽃 베고니아의 잎 사이로 들어온 햇살을 물고 나
른한 오수라도 즐기는지 베란다 창 쪽으로 시선을 둔 자전거의 핸들
이 살짝 돌아가 있다. 빨간 울타리 장미가 휘 늘어진 골목길과 바람
상큼하게 불어오는 도서관 길을 휘파람 같은 머리카락을 날리며 씽
씽 달려 갈 수 있는 날을 꿈꾸고 있는지도 모른다.

# _ 아침 단상 _

이른 새벽, 현관문을 조심스레 열고 집을 나선다. 아파트 뒤 숲길로 들어서자 이슬을 머금은 바람 한줄기가 동트지 않은 새벽을 말갛게 헹구고 간다. 아파트 정문을 이용하지 않고 나는 늘 이 좁고 구부러진 숲길을 돌아 나간다. 오래된 아파트 나이만큼 이 숲도 이끼처럼 두터운 세월을 꺼안고 있어 여름이면 깊은 그늘을 무성히 늘어뜨리고 숲의 전령들을 불러 모은다. 풀잎들의 환호가 발목을 적시는 여름날의 아침은 그래서 더욱 푸른 물결처럼 일렁인다. 어젯밤 꿈꾸듯 아련하게 비치던 달빛은 맑고 투명한 이슬이 되어 잎사귀 끝에서 숨고르기를 한다. 아침 이슬에서 달빛 냄새를 맡는다.

허리가 굵직한 살구나무에선 아직도 간간이 철 지난 열매를 떨어뜨리며 자기 존재를 확인한다. 노란 살구 하나가 앙증맞게 풀숲에 도드라져 있다. 제 친구들이 도란거리며 하나둘씩 떨어져 내릴 때 저 혼자 가지 뒤에 풋살구로 남아 있다가 이제야 뒤늦게 뛰어온 모양이다. 이슬에 젖은 살구의 빛깔이 홍조를 띠었다. 앞서거니 뒤서거니 부드럽고 촉촉하게 이어지고 있는 숲속의 삶이 우리네 삶과 다르지 않다. 누군가는 서둘러 떠나가고 누군가는 남아서 빈자리에 고인 외로움과 마주한다. 먼저와 나중의 경계에서 우리는 늘 그렇게 쓸쓸한 삶의 한 자락을 본다. 존재만이 가진 외로움이다.

촉촉한 숲길 울타리 끝으로 사람이 간신히 드나들 수 있는 좁은 출입구를 지난다. 엄밀히 말하면 불법 출입이다. 범죄의 소지가 있다며 관리소에서 막아놓은 곳이지만 숲길을 걷기 위해선 이 덩굴 울타리를 도둑고양이처럼 넘어야 한다. 아파트 울타리 옆 작은 상가 뒤편으로 들어서면 빈집 옆으로 숨어 있는 자그마한 논 하나와 좁은 논길을 사이에 두고 오밀조밀한 밭이 초록의 향내를 품고 펼쳐진다. 도시 한복판 빌딩 숲에 숨겨진 '비밀의 숲'이다. 한눈에 들어오는 모양새가 아담하다. 사람들이 주말농장이라고 부르는 이곳에 내가 가꾸는 텃밭이 있다. 나는 이 손바닥만 한 세 평 텃밭을 가기 위해 아침마다 청정한 새벽을 통과한다.

분주하게 짜여진 일상의 찌꺼기들을 씻어내기 위해 사람들이 모였다. 세 평, 다섯 평, 열 평 농사꾼에게는 소꿉장난으로 보이겠지만 콘크리트 건물과 아스팔트를 잠시나마 벗어나 흙을 만지고 그 속에서 자연과 생명의 신비를 체험하는 것 자체가 도시인에게는 힐링 그 이상이다. 내가 뿌린 씨앗에서 움이 트고 하루하루 자라나는 푸른 채소들을 보면 가슴 저 밑바닥에 쌓여 있던 불투명한 무기력의 잔재들이 사라지고 정갈해진다.

푸른 채소들이 단란한 가족처럼 모여 있다. 상추와 쑥갓과 치커리가 옹기종기 얼굴을 맞대고 나붓나붓 정담을 나눈다. 잘생긴 샐러리도 푸르고 싱싱한 빛깔로 서서 짙은 향내를 내뿜고 있다. 맨 앞쪽에

는 적당히 키가 자란 아욱이 오라비처럼 구불구불 치마를 펼치고 있
는 어여쁜 상추들을 흐뭇하게 내려다본다. 색깔과 모양이 제 각각인
채소들이 알맞게 섞여 조화를 이룬다. 어느 것도 서로 잘났다고 아우
성치지 않고 다소곳이 자란다. 토마토와 고추가 벌써 불그레 익고 있
다. 고랑을 만들어 비닐을 덮고 지지대를 세우고 곁순 따주는 일이
번거롭긴 하여도 자연은 가꾸고 정성을 들인 만큼 싱싱하고 튼실한
열매로 보답을 한다.

  도시에서의 텃밭 가꾸는 일은 도시의 열섬 현상을 줄이고 다양한
곤충들을 불러들인다는 연구 결과가 있지만 나는 그것을 떠나서 내
자신을 정화시키기 위해 텃밭을 가꾼다. 풀을 뽑아주고 돌아서면 또
풀이 나지만 풀을 뽑아주기 위해 흙을 만지고 옹기종기 모여 있는 채
소 식구들에게 흠뻑 물을 주다보면 어느새 딱딱하게 굳어있던 내 마
음이 보드레하게 풀어진다. 지지대(버팀목) 하나를 세우면서도 세상
은 혼자 살아갈 수 없다는 것을 배운다. 나도 누군가에게 기대야 살
수 있고 누군가에게 나도 필요한 지지대가 될 수 있다는 기쁨이다.

  노란 꽃이 피었던 자리에 주먹만 한 아기 호박이 얼굴을 내밀었다.
내 입가에도 노란 꽃이 피어난다. 연보랏빛 꽃을 피운 가지도 씩씩하
게 잎을 펼쳤다. 며칠 후면 보랏빛 열매로 옆 친구 호박과 수줍은 인
사를 나눌 것이다. 농기구 창고 지붕 위로 올라타고 간 여주가 노란
꽃을 피웠다. 이제 곧 석류처럼 생긴 여주가 주렁주렁 달릴 것이다.

손길 닿는 곳마다 정직하게 응답해주는 텃밭의 고즈넉한 아침이 밝아온다.

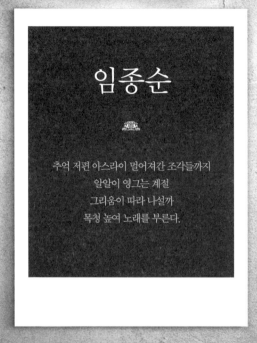

임종순

추억 저편 아스라이 멀어져간 조각들까지
알알이 영그는 계절
그리움이 따라 나설까
목청 높여 노래를 부른다.

+ **시 작품** | 흙 | 바람난 봄 | 한 달에 한 번쯤은 | 9월의 노래 | 내가 쓴다

PROFILE

경북 안동 출생. 동남문학회 회장 역임. 한국문인협회, 수원문인협회, 수원문학아카데미 회원.
수상: 동남 문학상. 저서: 시집『풍경이 앉은 찻집』, 공저:『1초의 미학』외 다수.

# 흙

사계의 변화를 오롯이 짚어 내고
내 몸에 발 뻗은 자 배신하지 않은
가슴 따뜻한 너와 나는
필연으로 만나 살고 있다

내가 믿는 만큼
나를 믿어 주는 만큼
우린 정직한 고리이다
우주의 섭리 가감 없이 받아들이는
위대한 어머니의 품이다

정기 받아 살과 피 흘려 넣고
숨결 키워내는 자궁
적어 놓은 페이지 몰래 넘기며
영역 넓혀가는 영특함이 소명이다

내 눈금 밖으로 한 치도 나갈 수도
들어올 수도 없는

지각 있는 양심의 잣대로

세상을 품고 주무른다

# 바람난 봄

차창에 기대어 물오른 산기슭 풍경 훑는다
진달래 폭 넓은 치맛자락
돌려보고 휘감아 보는
바람난 계집아이 변덕처럼
들뜬 산하

버드나무 물오른 연두도
하늘거리는 한낮의 수채화로 섰고
터질 듯 말 듯한 꽃망울들
타이머 들고 긴장하더니

왕 벚 표정 없던 길 위에
연분홍 꽃술
숨고를 틈도 없이
화르르 팡팡 축포를 쏜다

웅성웅성 주고받는 말

강산이 숨겨둔 뒷담화 터트리며

봄바람 났네

꽃바람 났네

소문이 무성하네

# 한 달에 한 번쯤은

그들이 온다
출발했다는 신호가 오면 허둥댄다

먹일 것
즐길 것
챙겨줄 것
부산하게 움직여 일정표에 밑줄 긋는다

허허로운 공간에 채워지는 활력소
한아버지앙 한머니앙*
숙명처럼 빠져드는 혀 짧은 소리

예정대로 시간 다 쓰고 가도
엘리베이터 문 닫히는 소리 뒤에
따라오는 공허
아련한 목소리
곳곳에 널려있는 손길

매달리던 감미로운 체온

한동안 여운만 잡고 선다


오면 좋고

가면 더 좋다는

진담 속 농담

---

*할아버지랑 할머니랑의 유아어

# 9월의 노래

서녘에 꽃밭 가꾸다
가을 옷자락에 묻어 온 바람
잦아 든 향기에도 코끝이 뾰죽하다

세종대로 오펠리스 퍼시픽 타워
스카이라운지 전망 침이 마른다
성찬에 실속 채우며
술잔 부딪혀 풍류를 즐기는
배려가 감사로 묻어나는 시간

대한문 문턱 낮춰 품어주는 가슴
등나무 벤치 아래 머리 맞대고 앉아
전성기의 입지 노래하듯 읊는 그들
아! 돌아오지 않은 길
가슴 에이는 가야금 음률로 온다

마음만은 퇴색하지 않은 청춘

홀쩍 담장 뛰어넘는 그들

그 세월 묶어 놓고

갈잎 나부끼는 고궁의 뜨락에서

젊음의 노트를 베껴쓴다

# 내가 쏜다

밥 한번 먹자
곧 도착한 멘트
옳거니!
솟구치는 정 한 자락
사는 맛이고 멋이다
가슴 한 자락에 하얀 보자기 펼쳐
무늬 찍는 한가로운 여유

술 한잔 하자
한 잔에 꽃잎 뜨고
두 잔에 인생 뜨고
석 잔에 노래 뜨는
삶의 꽃

차 한잔 하자
꽃잎 어리는 속삭임의 잔
폐부까지 적시는 차향

주전자의 물은 계속 끓고

속내까지 우려내어 리필까지

우릴수록 인화 꽃으로 핀다

남정연

그곳에 깊은 비밀 하나 묻고 왔다.

+ 수필 작품 | 길 위의 삶 | 『무진기행』을 읽고

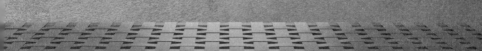

## P R O F I L E

전남 순천 출생. 『문파』 신인상 수필 부문 당선 등단. 동남문학회, 문파문인협회,
한국수필 회원. 수상: 제12회 동남문학상. 저서: 공저 『풍경 같은 사람』 외 다수.
E-mail: 417nam@hanmail.net

# _ 길 위의 삶 _

낯선 곳으로의 혼자 여행은 설렘과 함께 두려움을 동반한다. 자의
든 타의든 나의 발목을 잡고 놓아주지 않은 것들에서의 일시적인 해
방과, 해보지 않은 것에서 오는 막연한 불안감 때문이다. 맘속으로야
늘 동경은 하지만 딱히 이렇다 할 명분이 없어서 실행에 옮기지 못했
는지도 모른다. 온 세상이 붉디붉어 마음이 저만치 허공에 띄워져 내
려오지 못하는 날들이 이어졌다. 실타래처럼 길게 늘여진 그리움들
이 일상을 벗어나 어딘가로 가자고 부추긴다. 막연한 불안감도 잠재
울 만큼 늦가을의 끌림은 대단하다. 그렇게 나는 일상에서 벗어나 혼
자 길 위로 나선다.

이른 아침 제주행 비행기를 타러 나와 만난 공기는 상쾌하다. 리무
진 버스를 타려고 기다리던 정류장에서 건네온 친절하고 따뜻한 인
사에 밤잠 설친 피로감이 사라진다. 예감이 좋다. 짧은 일정이지만 내
내 좋은 날씨가 이어질 것 같고 어려운 나의 결심에 파이팅을 외쳐주
듯 즐거운 순간들이 숨은 보석처럼 기다리고 있을 것만 같다. 생각에
서 벗어나 실행에 옮길 때 걸음마다 자신감이 따라와 춤을 춘다. 덩
달아 아침 햇살을 받아 반짝이는 리무진 버스도 경쾌하게 차로를 달
린다.

그곳은 언제 가도 좋다. 제주를 고향으로 둔 지인은 그랬다. '제주

는 늘 옳다'고. 비단 고향이 제주인 사람만 그리 고백하는 것이 아니라 나 또한, 또는 다른 대다수의 사람들도 제주를 사랑하지 않는 사람은 없을 터다. 공항을 빠져나가 처음 맞이한 맑고 깨끗한 공기가 손끝을 훑고 반갑게 인사하며 지나간다. 제주 섬을 내려다보듯 넉넉하게 드리운 한라산은 어찌나 가깝고 선명하게 잘 보이는지 신기하기까지 하다. 하루에도 수십 번 변덕을 부린다는 한라산의 날씨가 그날은 '내내 어여쁘소서'였다. 한라산마저 나의 여행을 분명 열렬히 응원하고 반기는 것이리라.

　작은 집들이 까만 돌로 낮은 담을 쌓고 작은 정원마다 푸른 식물이 있는 서귀포 강정마을은 깨끗하고 조용했다. 인적 드문 동네를 마실 나가듯 천천히 걷는 나는 외지인의 냄새가 풀풀 났지만, 그래서 더러는 쳐다보는 사람들도 있었지만 개의치 않고 모든 순간을 음미했다. 그것 또한 여행자가 감수해야 할 관심이라고 생각하니, 여행자가 된 자체만으로도 가슴 뛰게 설레었다. 집을 나서던 아침의 나와 제주의 어느 바닷가 작은 마을에 서 있던 나는 동일 인물인가 싶게 괴리감이 느껴졌지만 그 또한 나의 모습이고 그 괴리감은 여행이 주는 묘미임을 이내 알게 되었다.

　해군기지를 반대하는 작은 시위가 있었다. 언제나 그래왔듯, 늘상 하는 의식처럼 시위는 소란스럽지 않고 마을의 한 부분을 자연스레 껴 맞추는, 하루를 채우는 통과의례처럼 보였다. 피켓이 있었고 음악이 있었고 얼굴에 분장을 한 사람들의 춤이 있었지만 통제하거나 해

산을 목적으로 공포감을 조성하는 공권력은 없었다. 다행이다. 저들 또한 나름대로의 모습으로 삶을 살아가고 어느 순간에든 더 나은 삶을 살려고 최선을 다 하고 있을 테니 말이다. 개입되지 않은 공권력에 여행자로서 객관적이고 정직하게 그들을 바라볼 수 있음이 감사했다. 길 위에 서서 그들 위로 쏟아지는 따스한 제주의 가을 햇살을 오랫동안 바라보았다.

크고 작은 구멍이 숭숭 뚫린 까만 현무암은 언제 봐도 신기하다. 현무암을 이리저리 밟고 콩콩 뛰어 바다 가까이 다가간다. 역광을 받은 바다는 은빛 제주 갈치처럼 온몸이 은빛으로 빛내며 뒤척인다. 거칠지 않은 파도는 나를 놀려주듯 하얀 포말을 싹 이끌고 와 저만치 달아나기를 반복한다. 바위 위에 붙은 보말을 잡고 더러는 외지인의 냄새가 나는지 손대기도 전에 붙어 있던 바위에서 떨어져 바닷물 속으로 스르르 미끄러져 간다. 눈으로 직접 보말을 보고 보말을 잡아본 것은 나의 혼자 여행처럼 처음이다. 처음이 주는 감격과 가슴 두근거림은 오래오래 기억되리라.

만추가 지나고 가을이 서서히 모습을 감추려 하고 있다. 대기는 차가워져 조석으로 제법 이른 겨울감이 느껴지는 때다. 찬란하던 단풍들은 떨어져 시들어가고, 나무 본연의 모습 빈 가지로 담담히 겨울 채비를 한다. 그랬던 늦가을의 모습이 제주에서는 없었다. 먼 타국으로 여행온 듯 조금은 낯선 풍경들이 한동안 이어질 무렵, 한라산 중턱을 넘어 동부로 이동하면서 육지에서의 늦가을을 만났다. 잎을 떨어낸 나무들은 속살 보이듯 잔가지까지 훤히 드러내고, 자욱한 안개와 운무로 뒤덮인 산과 길은 몽환적이다. 길섶으로 주차된 무수히 많은 등산객들의 차량을 보며 언젠가 나 또한 저들처럼 산행을 하러 다시금 제주를 찾으리라 다짐한다. 길에서 만난 모든 것들이 잠든 세포를 일깨우듯 나의 감각을 깨우고 충만케 한다.

한없이 펼쳐진 바다를 앞에 두고 따뜻한 차를 마시는 것은 행복한 일이 아닐 수 없다. 짧아진 늦가을 해가 수평선 너머 아슬아슬하다. 어느새 사라진 해를 대신하여 언제부터 있었는지 모를 큰 고깃배들이 환한 불빛을 드러내고 있다. 한두 척이던 것이 한 모금 차를 마시고 고개를 들 때마다 점점이 늘어나 수평선으로 연결을 짓는다. 까만 바다에 한 줄로 늘어선 고깃배의 크고 환한 전구는 마치 진주 목걸이 같다. 수평선의 경계를 알려주는 듯, 집으로 돌아가는 고깃배의 가로등이 되어주는 듯 진주 목걸이의 불빛은 아름다움을 넘어 숭고하기까지 하다.

여행에서 만난 모든 풍경과 사건과 사람들을 눈에 담고 가슴에 품는다. 돌아갈 곳이 있기에 더욱 소중하고 귀한 여정이다. 과감히 떠나오지 않았다면 보지 못하고 느끼지 못했을 현상 앞에 절로 감사가 나온다. 눈 감으면 제주항의 까만 바다가, 함덕의 옥빛 바다가, 하얀 포말이 아른거린다. 곧 다시금 오라고 귓속에 와 부려놓고 저만치 웃으며 달아나는 밀물과 썰물. 넓은 바다에서 매임 없이 살아가는 까닭에 그렇게 호탕한가보다. 자아를 찾겠다는 거창한 이유 따위 없어도 된

다. 머물고 살아가는 곳에서 잠시 벗어나 다른 곳을 찾아가는 그 자
체가 여행의 목적이다. 수많은 길 위의 여정을 통해 삶이 완숙해지고,
시나브로 완숙해지는 우린 너나없이 길 위의 삶을 살아가고 있다.

# _ 『무진기행』을 읽고 _

　김승옥의 『무진기행』은 고향 무진霧津을 며칠 동안 방문하며 일어난 일들이 작품의 주요 소재다. '나'는 제약회사 사위로서 임원 선출을 앞두고 있다. 장인과 아내가 로비를 하는 동안 '나'는 아내의 바람대로 머리도 식힐 겸 고향 무진에 잠시 여행을 떠난다.

　'무진'은 한자어에서도 나타나듯이 안개가 짙은, 늘 안개가 내리는, 멀리 바다를 끼고 있는 작은 읍이다. 그곳에서 지금은 지역 세무서장이 된 중학교 동창 조, 후배 박, 후배 박과 같은 학교서 근무하는 음악교사 하인숙을 만난다. 자신의 지위를 근거로 조건 좋은 여자를 만나고픈 '조'와 지역 명산물이 '안개'밖에 없는 지루한 마을을 떠나 서울로 가고 싶어 하는 하인숙. 그리고 하인숙을 짝사랑하는 '조'의 세 인물의 대립구도에 '나'는 안개가 스며들 듯이 밀접하듯 그러나 또 철저히 타인처럼 스며들고 있다.

　과거 폐병을 치유하기 위해 방을 얻어 살았던 바닷가 집을 찾을 때 '나'는 하인숙과 동행한다. 그곳에서 둘은 관계를 갖고 '나'는 인숙에게 사랑의 감정을 갖는다. 그리고 인숙이 원하는 대로 서울로 데려갈 생각을 한다. 다음날 아침 이모에게 건네받은 짧은 전보 한 통. 급히 상경을 하라는 아내의 전보에 '나'는 인숙에게 편지를 쓴다. 급히 떠나게 되었지만 곧 서울로 데려갈 거라고 그러나 이내 편지는 찢겨지고 '나'는 무진을 떠나는 버스에 몸을 싣는다. '당신은 무진읍을 떠나고 있습니다. 안녕히 가십시오.'라는 팻말의 배웅을 받으면서.

　실제로 존재하지 않는 그곳, 안개가 짙은 정도가 아니라 안개가 내리는 그곳은 굉장히 몽환적이다. 그렇다고 작품에서 전개되고 있는 사건이나 묘사되고 있는 인물들까지 몽환적인 것은 아니다. 그들은 오히려 더 현실적이고 속물적이다. 작가는 그런 불편한 것들을 외면하지 않는다. 어둡고 습한 이야기들을 또 그러한 심리를 차분히 풀어나가고 있다. 그럼으로써 나를 인정하고 발견하고 상처를 소독하는 일련의 과정을 겪는다.

　작가의 고향은 전남 순천이다. 내 고향과 같다. 작품을 읽으며 '그곳이 어디쯤일까. 아무리 가상의 지명, 가상의 공간일지라도 현실을 바탕으로 한 곳이기에 어느 유사한 곳은 있지 않을까.'라는 생각을 하며 글을 읽었다. 어렸을 적 아침마다 짙은 안개가 등교를 인도했다. 그러나 내륙에서 나고 자란 나는 고향과 바다를 동시에 떠올릴 수 없다. 그저 비슷한 곳이 있긴 한데 거기일까 하는 짐작만 한다.

　『무진기행』은 굉장히 자주 회자되는 작품이다. 위에서 언급했듯이 가상의 공간이 주는 매력도 매력이지만 읽을수록 구조가 탄탄하다는 느낌이다. 복선보다는 구조가 잘 짜여 감탄마저 나오게 한다. 마치 설계가 잘 되어 해가 갈수록 주인이 감탄해 마지않는 한 채의 견고한 주택과도 같다.

이 바닷가에서 보낸 일 년. 그때 내가 쓴 모든 편지들 속에서 사람들은 '쓸쓸하다'라는 단어를 쉽게 발견할 수 있었다. 그 단어는 다소 천박하고 이제는 사람의 가슴에 호소해 오는 능력도 거의 상실해 버린 사어死語 같은 것이지만 그러나 그 무렵의 내게는 그 말밖에 써야 할 말이 없는 것처럼 생각돼 있었다. 아침의 백사장을 거니는 산보에서 느끼는 지루함과 낮잠에서 느끼는 시간의 지루함과 낮잠에서 깨어나서 식은땀이 줄줄 흐르는 이마를 손바닥으로 닦으며 느끼는 허전함과 깊은 밤에 악몽으로부터 깨어나서 쿵쿵 소리를 내며 급하게 뛰고 있는 심장을 한 손으로 누르며 밤바다의 그 애처로운 울음소리에 귀를 기울이고 있을 때의 안타까움, 그런 것들이 굴껍데기처럼 다닥다닥 붙어서 떨어질 줄 모르는 나의 생활을 나는 '쓸쓸하다'라는, 지금 생각하면 허깨비 같은 단어 하나로 대신시켰던 것이다.

폐병을 치료하고자 얻어 들었던 바닷가 마을의 방. 그곳에서 세상과 단절되어 살아가는 젊은 청춘 '나'는 얼마나 외로움을 느꼈을까. 사어와 같은 단어 '쓸쓸하다'만이 오직 '나'의 친구가 되어 지루함과 허전함을 함께한다.

오래전 기관지결핵을 앓아 한 달여간 병원에 입원했던 적이 있다. 전염성이 있는 병균이라 면역력이 약한 환자들과 한 곳에 있을 수 없어 일인 실에 있어야 했다. 한창 피어날 이십 대 중반의 나는 그렇게 병과 씨름하며 혼자 병실을 지키며 외로움과 쓸쓸함을 견뎌야 했다. 새로운 아침을 맞이해도 희망이 없었고 낮잠에서 깨어나면 언제나 몸 가득 식은땀이 흥건해 정신이 혼미할 정도였다. 내가 다닐 곳은 오직 병실 복도뿐이었다. 10월 한 달을 병원에서 지낸 나는 계절이 관통하는 것을 티브이를 통해 알게 됐고 날씨가 춥다 하니 밖에는 나갈 수도 없었던 터. 잠을 자면 언제나 크고 까만 뭔가가 나를 짓누르거나 그 속으로 하염없이 빨려 들어가는 꿈을 꾸며 깨곤 했다.

그래선지 나는 지금 어쨌든 외로움을 잘 견디고 있다. 견딘다기보다는 늘 그와 친구처럼 지내고 있다. 가끔은 쓸쓸함도 좋다. 사어 같다는 그 단어, 쓸쓸함도 내게 자양분이 된다. 끊임없이 사유하고 나를 비워낼, 없어서는 안 될 귀한 자양분이다. 바닷가 마을에서 외로움과 쓸쓸함으로 일 년을 보낸 '나' 속에 또 다른 섬, 병원에서 한 계절을 보내며 몹시도 외롭고 아파했던 내가 오버랩되어 걸어간다.

# 장선희

궤도 근처를 서툴게 배회하다
눈 앞에 목적지를 발견하였을 때,
그 목표를 향해 선회하는 심정,
가는 길 온갖 고초를 겪을지라도
두 번째 미션을 향해 .

+ 시 작품 | 바람꽃 | 거리 | 눈물 | 허무

P R O F I L E

충남 예산 출생. 2015년 계간 『문파』 신인상.

# 바람꽃

아득히 까만 밤

금속 지붕 위로 무겁게 내려앉은 뿌연한 안개

잠이 발끝까지 잠긴 사이 또 다른 섬으로

부르는 소리

경계선 저편에 굳게 잠겼던 하늘 문

숨만 쉬는 산송장 같은 몸

검은 사자의 손짓만을 바라볼 수밖에 없는 눈

이승의 연을 놓칠세라 죽을 둥 살 둥 매달리다

건조한 사막의 바람에 닿는 날

오직 욕망의 불씨로 생의 끝머리를 겨우 태우며

시들어 가는 옹이눈의 노목나무

일사분란해진 까마귀들 앞에서

몸 전체로 서서히 퍼져가는 풍엽은

마지막 본연의 삶의 색을 해우하는 진통

이젠, 고통의 종착지 궁극의 자리로 돌아가려한다

캄캄한 우주 공간속 가장 빛나고 가장 편안한

그곳, 태곳적 비밀의 장소로

# 거리

구름 뒤 네가 보인다

조용한 산기슭 운무를 타듯 희미하게 다가 온 너

가루비 지나간 틈사이로 살며시 스며든 넌,

촉촉이 젖어 온 내 심장에

파르르 불꽃 일으키며 날 태운다

하늘과 땅의 거리 맞닿을 만큼 가까워진 우리의 손

망연히 중독된 너와 나만의 은밀한 시간들 속

또다시 그리움의 체취 기다린다

# 눈물

두 모퉁이 돌고 돌아 모아진 뜨거운 물

에움길 돌아 구릉길 너머 제멋대로

하염없는 지평선을 향해 흐른다

차가운 머리와 뜨거운 심장의 어긋난 마음

물의 숨통을 연다

흔들리며 끓어오르던 붉은 용암처럼

잠시 얽은 자국 보이고

다시

내면 깊숙이 마음의 늪으로 돌아가

생명의 물줄기 모은다

# 허무

황톳물 휩쓸고 간 자리
순식간 생사를 넘나든 그 자리에
자빠져도
억세게 빳빳히 솟은 뾰죽한 풀대

빗물 고인 웅덩이 위로
성난 하루살이들의 광무의 날갯짓
기억의 방은
침묵을 지키고

불어난 실개천 물소리
고통의 몸부림은
상처 입은 영혼인지 차르랑대는 처마의 풍경 소리

분명 이 길은
바람이 만들고
새로운 바람 숨의 천변이건만

코끝에 밴 삶과 죽음은, 산사山寺의 짙은 향냄새로


또다시
망각의 힘을 빌미로
거대한 물살에 맥없이 눕고
순응하며 차곡차곡 흙더미를 뒤집어 쓴다


눈부신 가을 하늘 빛깔이
마치 떠도는 투명한 허무처럼

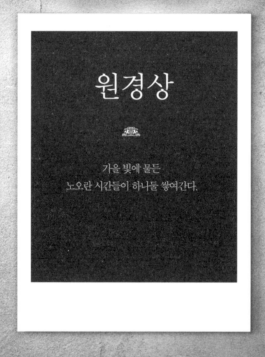

# 원경상

가을 빛에 물든
노오란 시간들이 하나둘 쌓여간다.

+ 시 작품 | 달빛 체온 | 밤나무 | 숟가락 | 오방색 가을 | 갈대

---

# P R O F I L E

경기도 관천 출생. 『문파』시 부문 신인상 당선 등단.
동남문학회, 문파문인협회 회원. 저서: 시집 『언어의 그림』. 공저: 『마음을 심다』 외 다수.
E-mail: wonks211@naver.com

# 달빛 체온

산정 호수 풍덩 빠진

저 달은

온몸으로 성난 태풍

막아주던 내 반쪽인가

함박웃음 웃어주던 그 얼굴인가

햇빛 먹고 물 마시고

빨갛게 익어 떨어진 가을은

풀숲에 숨었는데

나를 지킨 울타리는 어디 갔는가

푸른 시절 남겨놓고

떠나버린 달

마음속에 간직한 필름을 본다

시들지 않은 새파란 추억

흑백 세월 꺼내

품에 안으니

하나뿐인 둥근 달 따뜻하다

# 밤나무

나를 잉태하고 사랑한 밤나무
누가 해칠세라 가시집 짓고
창문 없는 방에서
잔뼈 굵도록 나를 길렀다
성년 되던 날 붉은 옷 한 벌 입혀
나무에서 떨어뜨렸다.
물려받은 유산은 없다
혼자 사는 길
땅속에서 겨울 잠자고
따듯한 봄 날 죽어서 다시 사는 길
하늘 향해 떡잎을 열고 쑥쑥 커
뿌리내린 밤나무에
가시 달린 집을 짓는다.
아버지의 아버지가 그랬듯이
나도 아버지처럼

# 숟가락

신의 명작 소우주

천연 동굴로

숟가락은 손이 가자면 가자는 대로

따라가야만 했다

하루 삼시 세끼 숨 쉴 틈 없이

허리 휘도록 일했다

눈코 뜰 새 없이 바쁜 이유로

하늘의 새도

땅에 핀 꽃도 보지 못했다

먼동 틀 때부터 꿈꾸는 밤은 없었다

손발 부르트도록

숨 가쁘게 달려온 길

먼지 나는 신작로 이빨 빠져 쓰러진

기척 없는 하얀 숟가락

노을이 붉다

# 오방색 가을

9월이 문을 닫고

10월이 문을 열었다

떡잎부터 비바람에 흔들리며

온몸이 시리게 자란 들국화 피었다고

소쩍새가 운다.

소쩍

소쩍 운다

서로 얽히고, 설킨 삶

물을 흘려보내고 금을 품은 흙

금을 녹여 보석을 탄생시킨 불

목말라 죽어가는 나무를

살린 물이

훨훨 타오르는 불을 끈다

생성되고 소멸되는 음양오행의

상생에 흔적 목화토금수 木 火 土 金 水

청적흑백황 靑 赤 黑 白 黃 색의 가을은

그림자도 오방색이다

# 갈대

해와 달이

낮과 밤을 다스리는 세상

중천에 피고 지는 구름 꽃송이

온종일 그리고

다시 그려도 못 그린

분홍 꽃송이

바람에 흔들리며 피고 지는 꽃

해 지는 저녁나절 그려 놓았다

서녘 하늘 불 질러 그려 놓았다

바람에 흔들리던 갈대의 마음

서걱서걱 노래하며

하얀 머리 갈대가 허리춤 추다

달빛 끌어안고

쓰러져 말라버린

깊어가는 밤, 비가 내린다

불 꺼진 창가에 커튼을 친다

정정임

글밭에 심은 작은 씨앗

뿌리내리자 글향기 폴폴

+ 시 작품 | 안개꽃 | 침묵 | 저울 | 그분이 오셨습니다 | 옛정

## P R O F I L E

충남 아산 출생.『문파』시부문 신인상 당선 등단. 문파문인협회, 수원문인협회, 동남문학회 회원.
문파문학회 운영이사. 제14회 동남문학상 수상. 저서: 공저『문파대표시선』외 다수.

## 안개꽃


꽃이면서 꽃이 아닌 듯
강하면서 강하지 않은 듯
흔들리며 미소 짓는
작은 꽃망울


혼자보단 하나가 좋아
어우러져 피어나는 하얀 꽃


올망졸망
작은 몸짓에
스스로를 내려놓아도
늘 키 보이는 꽃


꽃에도 마음이 있다면
키다리 꽃이어야만 하는 꽃
주인공을 빛내기 위해
더 크길 원치 않는 그 꽃


안개꽃

# 침묵

무너진 하늘

침묵하는 땅

그가 홀로 견뎌야 했을 무게만큼

무서운 부메랑


익숙지 않은 첫 걸음마로

도로의 차를 피해 보지만

요란한 경적소리뿐

경적소리뿐


각자 갈 길이 바빠

뒤엉킨 도로 위에

연료도 없이 서 있는 나


싸늘한 계절 앞에 무릎 꿇는 심장

쪼그라드는 가슴

싸아한 메아리

생활전선

그가 그랬듯이
나 또한 침묵의 시간이 길어진다

# 저울

숨기려다 들켜버린
양심 한 덩어리
저울 위에 올라
숨죽인 채 쳐다본다

야금야금
몰래몰래
집어삼킨 검은 유혹이
늘어진
뱃살처럼 출렁거린다

달콤하게 받아마신 커피
하얀 와이셔츠에 쏟아지고
천하를 호령하던 그의 목소리
철창 속에 갇힌다

벗겨진 옷
작아진 몸짓

후회의 눈물만이

저울의 눈금을 잰다

# 그분이 오셨습니다

닫힌 문을 쳐부수고
단숨에 와서
빨리 옷 벗으라
호통치고 떠나십니다

소리도 없이 어느 순간에 숨어들어
두꺼운 옷 입으라
고함치고 떠나십니다

꽃이 필 때는 멀리 떠나게시다
꽃이 질 때쯤 찾아오시는 감기 같은 분

그분이 오셨습니다
아~그분이 오셨습니다
울그락
불그락
홍조 띤 얼굴

변덕이 끓여놓은 죽 한 사발

사춘기보다 무서운

그녀들의 병명

갱년기


부적 같은

부채

손수건

꺼내놓자마자

빙그레 웃으시는 그분


이제 같이 살자 하십니다

# 옛 정

텅 빈 운동장

가득 찬 공허

웃음소리 떠난 빈자리

알박기 사무실 밀집하고

포크레인 행렬에

무거운 철근

탑을 쌓는다


문 열고 나누던 그리운 옛정

철통보안 믿음 되어

표정 없는 얼굴들이

구겨지지 않는 옷에 각을 세운다


소리 없는 CCTV 속 주인공

인터폰과 대화하자

높기만 했던 꼬부랑 글씨 문이 열리고

친근한 목소리

덥썩 손부터 잡는다

# 정건식

가을빛 물들여진 책갈피
그 속에
또

+ 시 작품 | 거기 가고 싶다 | 가을을 걷다 | 외로움

가을밤 | 화가와 시인

## P R O F I L E

경기출생. 제43회『문파』신인상 시 부문 당선 등단.
동남문학회, 문파문학회 회원.
저서: 공저『풍경 같은 사람』외 다수.

# 거기 가고 싶다

풀벌레 울음소리 점점 커져올 때면
가고 싶다

개울가로 멱 감으러 갈 때 즐거워하던

작대기로 금 긋고 고사리 같은 손 펴서
땅따먹기 하던 느티나무 그늘 아래

자치기 하려고 애들 불러 모았던 골목길

숨어있는 애들 찾아주던 보름달 바라보다가
헛간에서 잠들어버렸던 거기

오늘따라 가고 싶다
어렸을 때 뛰어 놀던 거~기

거기~ 가고 싶다

# 가을을 걷다

옷깃 스치는 솔바람 콧등에 앉고

구절초 코스모스 국화꽃 향기

듬뿍 내려앉은 길

은은한 향기에 마음 빼앗긴 날

내 마음 훔쳐간 들길 따라

가을을 걷는다

## 외로움

가을이다

이브 몽땅 Yves Montand 이 부른

고엽을 들으며

석양이 물든 언덕길을 걷고 싶다

너와 같이라면

오늘 같은 날엔

네 어깨 위에 손을 얹고

미끄러지듯 주저앉아 흩날리는

붉고 노~란 낙엽으로 두 입술을 가리고 싶다

이 가을에 쌓이는 외로움, 반쯤 덮은 채

# 가을밤

귀뚜라미 구슬피 우는 밤

빈 술잔 속으로 내린다

낙엽 흐드러지는 소리

골목길 가로지르고

희끄무레한 가로등 아래

늙은 고양이 때늦은 저녁 끼니

비린내 나는 비닐봉지 비우고 있다

쓸쓸하다

가을밤

## 화가와 시인

하루가 반을 접고 반을 접을 무렵
그는 먼 하늘만 바라보고 있다

8절지 캔버스에 누워 그의 손을 기다리고 있다

어제 같으면 채우지 못한 붓끝 벌써 물들여져 있었건만
오늘따라 손끝은 허공에서만 춤추고 있다

채우지 못한 사랑 호숫가로 던져버리고
그냥 가버린다

그 위에 앉아
글을 써 내려가고 있는 낯선 이

이미 그려진 붉은 노을
당신이 그려놓은 말 위를 그는 걸어가고 있다

남지현

오색 단풍잎에 시 한 수 적어
그대에게 띄우고 싶은 날입니다.

+ 시 작품 | 기도 | 소리 없는 외침 | 치매 | 감꽃 | 춤추는 인형

PROFILE

경기 여주 출생. 동남문학회 회원. 저서: 동인지 『껍질』 『풍경 같은 사람』 『마음을 심다』.

# 기도

밤새 뒤척이다

먼동 틀 무렵

목젖 끝,

타오르는 사연 하나

편지로 띄운다

소리 없이 내린

이슬처럼

내 작은 가슴에

치유할 수 없는 아픔

무언의 신음으로

날갯짓하며

오늘도

새벽을 걷는다

## 소리 없는 외침

대지가 진동한다

바다가 소리치며 파도를 부른다

거센 바람이 광풍을 일으키고

새들이 보금자리를 잃는다

산들이 신음하며 숲속 생명들이

올가미에 걸린 암사슴처럼

애처로운 눈빛으로 호소하고 있다

잿빛 하늘에서 내리는 눈물 멈추는 날

검은 구름 위로 떠오르는 태양이

은빛 날개 달고 비상하는 천사처럼

더 밝게 더 환하게

비춰질 그날을 기다리며

아린 기억 속으로 들어간다

## 치매

보아도 그때뿐이고

들어도 그때뿐

어제가 오늘 같고

오늘 또한 어제 같은 하루

지우개로 지운 듯 하얀 기억

이름은 있으나

그저 흘러가는 세월 속에

작은 흔적일 뿐

다람쥐 쳇바퀴 돌듯

오늘도 동양화 그림을 보고

검정콩 노랑콩

숫자 공부하며 토닥거린다

선생님 오늘은 내가 일등이지요

참 잘했어요

손등에 도장을 받으며

허리 굽은 천사가 환하게 웃고 있다.

## 감꽃

하얀 모시적삼 곱게 차려입고
귀밑머리 쓸어 올려 쪽을 짓는다
손 끝에 붉은 꽃잎 물들이고
백발의 어머니 배시시 웃는다
담장 너머 떨어져 구르는 감꽃
울 엄니 좋아하는 홍시 인가
시도 때도 없이 흐드러지게 핀다
울 엄니 감꽃은 향기도 구수하다

## 춤추는 인형

네온 빛이 찬란한 거리
은은한 커피 향이 흐르는 카페
젊음의 거리다
EDM 음악이 귓전을 때리고
술잔을 부딪히며 위하여를 외친다
젊음이 좋다
밤사이 폭설이 온 세상을 덮고
눈꽃 바람에 밤늦도록 춤추던 그녀
하룻밤 꿈을 안고 광장모퉁이 잠이 든다.

# 전찬식

삶이란 기억을 쌓는 일
풍성하다는 것도
기실 그 속에 고운 색깔 짜 넣는 일이다.

+ 시 작품 | 낙엽 | 뒤안길 | 베일 | 그릇 | 억새밭에서

**PROFILE**

충남 금산 출생. 침례신학대학 졸업. 2017년『한국시학』신인상 등단.
경기시인협회, 수원문인협회, 수원문학아카데미 회원.

# 낙엽

말 없는 기호들
떼굴떼굴 광장에 모여들고
글 없는 편지들
산골짝마다 쌓여간다

삶이란 기억을 쌓는 일
풍성하다는 것도
기실其實 그 속에 고운 색깔 짜 넣는 일이다

때가 되었노라 손짓하는
지평선 너머 일몰의 시간에
다 비우고
외줄 인연마저 뚝 끊어냈다

영원에의 삶을 위하여
색이 다 빠져버린 지금
입신入神의 경지에 든 채
가볍게 여행을 떠난다

# 뒤안길

어쩌면 삼류배우 아닐까만
전용무대專用舞臺가 있다
커튼콜curtain call의 꿈도 있다


뒤안길,
언제나 무지개 떠 있는
차 마시는 여유 공간

# 베일 veil

백조 개가 넘는다는 인간 세포
하나하나 싸고 있는 불투명의 언어들

가슴 설레게 하는 연분홍 얼비침이나
혼을 훔쳐가는 향기로운 입술까지도
신비한 베일 속에 가려져 있다

한 겹 걷어낼 때마다
겹겹이 싸고 도는 모순들

우주의 속껍질까지 다 벗겨보겠다고
덤벼드는 짓이나
생명의 살갗을 만들고 사랑의 베일을 두른다고
날마다 발버둥치는 일
모두가
베일의 모서리를 움켜잡고
서로에게 끌어당기는 힘의 여정이다

# 그릇

토기장이의 주름진 손
주물장이의 상처 난 손
온갖 아름다움은
그들의
주름지고 상처 난 무늬일 뿐이다

숫하게
깨뜨려지고
버려지고
그 잔해들이 배경에 깔린다

효용가치는 언제까지일까
절대군주의 손에 들어온 지금

## 억새밭에서

생각하는 갈대들이
줄 지어 억새밭
둘레길 산책하고 있다

혼자서
우주를 생각하며 품는 짬으로
갈잎의 노래를 읊다가

여럿이서
재잘거리는 시냇물
바닥에 깔린 조약돌 부딪히는 소리
연방 팝콘 터지듯 웃음소리
터져, 물방울 되어 사라지는

바람 불 때마다 억새꽃 은회색 물결

몸 흔들며 무아지경의 춤
겨울 눈꽃이 하늘 길 열어줄 때까지

사람들 발걸음 뚝 그칠 때까지
계속되는 춤


높아진 파란 하늘 아래
연약한 갈대들이
억새밭 사이를 걷고 있다

# 윤영례

정말로 인생을 다시 시작하고 싶다면
책을 열고 그 속에 깊은 뜻을 마음에 담아 두고…
마음을 열고 정 나누고
더하는 일을 시작해 보자.

+ 수필 작품 | 내 발목 잡지 마 | 칠야기도

P R O F I L E

충북 청원 출생. 2016년 『문파』 신인 문학상 당선. 2002년 경기민요강사 면허 취득.
화성시 노인대학 실버예술단 단장. 2011년 고용노동부 재취업수기공모 입상.
수원시 중앙도서관 행복글쓰기 회원.

# _ 내 발목 잡지 마 _

술에 절어 살망정 완벽한 자신을 내세우며 처자식들 앞에 권위의 식만 내세우던 남편, 지난 세월 모두 지우고 허수아비가 되어 살고 있다. 간 이식 이외는 치료가 불가능하다는 의사의 경고장을 받았다. 70대도 아닌 80대, 이제 간 이식 수술을 해본들 얼마나 더 살겠다고 아버지에게 간을 떼어 주란 말을 자식들 앞에 할 수가 없었다. 평생 아내 말 무시하고 산 대가 치고는 너무 잔인한 것이 아닌가?, '그러게 아내 말에 귀 좀 기울여 주지!' 처자식보다 술과 친구가 먼저라는 남편, 새로 지은 집도 망설이지 않고 담보물로 친구에게 내어주고 결국은 집 한 채를 날리고 말았다. 남편과 다투고 할퀴고 상처 낸 세월을 돌아보게 했다.

자기 뜻에 반기를 들면 이혼이란 말을 서슴없이 협박하듯, 처자식들 기를 죽이며 가슴을 치게 했다. 어린 자식들만 아니라면, 그래 이혼하자! 그러고 싶었지만, 자식들 다 성장하면 두고 보자고 마음 다 잡았다. 불만 속에 성장하는 자식들 감싸 안고 너희들 때문에 엄마가 산다고, 꾹꾹 눌러 삼켰다. 대학 졸업하고 취직하면 독립 할 수 있도록 도와주겠노라고 어르고 달랬다. 남자는 술과 친구 없으면 죽은 시체라며 큰소리치는 남편과, 사춘기 접어든 자식들 사이에서 많은 갈등으로 속아리를 했다. 믿었던 아들놈, 담임 선선생의 충격적인 말, "저 놈 대학 포기한 놈입니다." 그 말에 모두 버리고 떠나고 싶었지만, 울고 매달리는 또 다른 자식들 위해 또 참아야 했다. 그래 너희들 결혼까지만 내가 지켜 주겠다.

자식들 결혼 시기에도 모든 경제권 움켜쥔 남편과 혼수 문제로 가슴을 쳐야 했다. 아이들 모두 결혼시키면, 그땐 정말 이혼이다. 삼남매 모두 제짝 찾아 슬하를 떠나 새 둥지 틀었다. 이젠 미련 없이 갈라설 수 있을 줄 알았다. 그랬는데! 저 위인 내가 버리면 어디로 가지? 분명 자식들에게 짐이 될 것으로 여겨졌다. '안 되지!' 아버지와 처자식들 사이에서 힘겹게 살아갈 아들의 입장이 그려졌다. 가정을 꾸리고 가장이 되어 살아보니 아버지 입장이 이해가 된다는 자식이지만, 아버지란 짐을 넘겨주고 싶지 않았다. 곰곰이 생각한 끝에 내 삶의 방식을 바꾸자고 독하게 마음 다잡았다.

그동안 자식들 앞에 흉한 꼴 보이고 싶지 않아 무던히도 참고 여기까지 왔다. 더 이상은 아니다. 당당하게 남편 앞에 맞섰다. 남편이 한번 치솟으면 난 두 번 치솟고 죽을 각오로 대항을 했다. 내 남은 인생 내가 책임지겠노라고, 날 자유롭게 풀어주지 않으려면 이혼하자고, 이번엔 내 쪽에서 당당하게 요구했다. 걸핏하면 이혼이란 말을 쉽게 내뱉던 남편, 그게 날 겁주기 위한 수단이었는지 목소리가 낮아졌다. 날 자유롭게 풀어 주든지 이혼을 하던지 둘 중 하나 선택권을 주었다.

동사무소가 주민자치센터로 바뀌면서 경기민요 교실이 개설 었
다. 평소 관심을 가지고 있던 중이었기에 선 듯 등록을 했다. 장구치
고 소리하고 그동안 가슴에 쌓인 스트레스를 풀어낼 수 있는 좋은
기회였다. 그렇게 밖으로만 나도는 아내를 곱게 봐 줄리가 없었다.
사사건건 의심하는 거친 말투, 몸싸움까지 이어졌다. 나 지금 청춘이
아니다. 죽는 것도 두렵지 않다. 대항할 힘이 모자라, 못 먹는 소주도
병 채로 들어 마시고 술 취한 척 물고 흔들며 반항을 하는 아내를 남
편은 포기하고 말았다.

드디어 독한 여자라는 낙인을 찍어주면서 남편이 두 손 들었다.
독하게 대항한 덕분에 자유의 여신이 내 손을 들어 주었다. 남편 간
섭받지 않고 마음껏 자신의 끼를 발산 시킬 수 있었다. 경기민요 지
도자, 고수 자격증까지 따내고, 늦은 나이에 운전면허증까지 취득해
차를 끌고 다니며 경기민요 강사로 다시 태어나 제2의 행복한 삶의
전환점이 되었다. 무대 위에서 소리하고 박수 받고 들뜬 그 기분, '매
일이 오늘만 같아라!' 기도했다.

내 생에 가장 즐거운 꿈같은 세월 10년이 흘렀다. 신의 시기심에
걸려 든 것이었을까? 몸에 이상한 증상이 일어났다. 불면증, 음식 거
부증, 알 수 없는 증상이 순간순간 정신을 멈추게 했다. 즉시 운전대
를 놓아야 했다. 자기 아내가 어디가 아픈지, 왜 정신과 치료를 받는

지, 밤잠을 왜 못 자는지, 관심도 없는 남편 마주보고 있으면 정신적인 증상이 더 심해져 무조건 밖으로 나가 방황을 했다. 식탁 위에 싹싹 비워 놓는 밥공기 집어 던지고 싶은 심정 남편은 짐작도 못했을 것이다. 10킬로 이상 살이 빠졌다. 얼굴의 흉한 잔주름, 손등은 밭고랑처럼 골이 지었다. '부처님!, 하느님!, 이 세상에 아무 미련 없습니다. 더 이상 흉하게 망가뜨리지 말고 그냥 이대로 데려가 주세요' 두 손 모아 눈물로 애원도 해보았다.

죽지 못하니 살기 위해 정신과를 드나들며 2년만에 고통의 먹구름이 서서히 거치기 시작했다. 입맛이 돌아오고, 잠시나마 단 잠도 잘 수 있게 해 주었다. 꿀처럼 달고 맛있는 밥의 소중함도 알게 되었다. 정신적인 싸움도 홀로 이겨냈다. 다시 일을 시도해 보려 했지만 2년의 공백 기간으로 연결고리가 모두 끊겨 포기해야 했다. 잠 안 오는 밤 내 생의 뒤안길을 더듬어 써낸 수필이 고용노동부 고령자 재취업 수기 공모전에 입상이 되었다. 그 힘을 빌려 문파문학수필 공모전에 도전하여 당선 되었다는 소식에, "야호!" 혼자 펄쩍 뛰었다.

그 들뜬 기분에 또 재를 뿌린 남편, 건강에 자신이 있다고 큰소리 쳤지만, 간은 돌이 되어 치료도 불가능한 상태로 간성 혼수증까지 겹쳐 주기적으로 혼수상태가 반복되었다. '저렇게 순식간에 망가지기도 하는 구나!' 기가 막혀 눈물도 흐르지 않았다. 술 좀 줄이라고 하면, 내 돈으로 먹고 싶은 술도 못 먹느냐고? 간섭 말라 던 남편, '그

래! 니 돈으로 니가 먹는데 내가 왜 간섭 하냐! 싫건 먹고 죽어라!' 이
렇게 독백으로 속 풀이를 하면서 살았다. 그랬는데, 이제 와서 왜! 내
발목 잡고 늘어지냐? 몸부림치고 싶었다.

# _ 철야기도 _

잡티 한 점 없이 파란 하늘 아래 산골짜기가 봄꽃보다 더 화사하게 물이 들어 유혹을 했다. 총천연색 비단을 깔아 놓은 듯 울긋불긋 환상적이었다. 춥지도 덥지도 않은 깊어가는 가을, 어디론가 또 훌쩍 떠나고 싶은 계절이었다. '그래 가자!' 설악산 봉정암 철야기도 핑계를 대고 여행 짐을 꾸렸다. 산행하기 딱 좋은 날 이른 아침 자욱한 안개 속에 배낭을 걸머지고, 마음을 벌써 설악산 대청봉에 오른 듯했다.

우리나라 사찰 중 가장 높은 곳에 자리 잡고 있어 기도 발이 잘 받는다는 봉정암이다. 신라시대 백담사를 창건하면서 부속암자로 세워졌다는 불교의 성지로 이름난 사찰이다. 철야기도 드리기 위한 1박 2일 스님과 함께 불교인들의 행사였다. 산골짜기 들어서니 겨우살이 준비는 젖혀 놓고 길손들이 던져주는 먹이로 길이 들여진 다람쥐가 졸졸 따라 동행을 했다. 언뜻 스치고 지나는 뱀 한 마리의 기세에 놀라 멈칫 발길이 뒤로 한 발 물러서기도 했다.

이름 모를 산새들, 환영의 합창소리 따라 콧노래로 나만의 행복에 젖어들었다. 곱게 물들인 화폭을 휘날리며 반기는 골짜기, 오를수록 가파르고 숨이 찼다. 설악산 한두 번 가본 것이 아니었기에 자신만만하게 도전을 했지만, 2년 동안 병원을 드나든 후유증으로 깔딱 고개라 이름 붙여진 봉정암 바로 밑에서 숨이 차고 다리가 후들거렸다.

등산으로 길들여진 몸이라고 주저하지 않고 나섰지만, 이젠 체력 부족이라는 것을 느끼게 했다. 그늘 아래 앉아 물 한 모금 마시고 눈앞에 펼쳐진 고운 풍경 자식들에게 선물로 전송했다. 설악산 산행은 이것이 마지막이 되지 않을까! 평지에서도 5시간 이상 보행이 힘든 나이인데, 겁도 없이 바위 사이를 기어올랐다. 지친 몸으로 부처님 앞에 합장하고 49배만 올리고 철야기도는 포기 했다.

이 높은 곳 부처님 앞에 5지를 굽혔으니, 자랑스럽지 않느냐고? 예쁘게 보살펴 주시라고 마음으로 기도 드렸다. 콩나물시루처럼 빼곡히 자리잡은 보살들의 숙소, 하나둘 법당으로 철야기도 들어간 빈자리 덕분에 허리를 펴고 누울 수 있었다. 스님들의 목탁 소리 보살들 불경소리 울려퍼지는 소리 따라 누운 자세로 공염불을 외웠다. 온몸의 근육에서 내는 신음 소리로 잠들 수도 없었다. 돌아 눕기도 힘든 몸, 반짝이는 새벽 별 맞나 하자고 밖으로 나왔지만, 대낮처럼 밝혀진 산사의 가로등 불빛이 반사되어 밤하늘의 반짝이는 별들의 속삭임을 들을 수 없었다. 겹치고 얼킨 중생들의 업을 풀어내려고 산골을 울리는 중생들의 염불소리와 고요한 달빛에 마음을 씻어 달랬다. 합장하고 비는 마음 3배, 7배, 49배, 108배 숫자를 더해가면 몸은 흐느적거려도 깨우치는 마음만은 가볍게 높은 곳을 향해 나른다.

찬 이슬 촉촉이 젖은 산사의 여린 중생들 쌓인 업 겹을 덜어 낸다. 소박한 소망을 마음 가득 품어 안고 세월 속에 빛바랜 은빛 머리 혼자인 듯 마음마저 하얗게 허공을 맴돌았다. 대청봉까지 완주 하려던

욕심을 포기하고 아침 공양으로 뜨끈한 미역국에 오이무침 그 맛은 그 산사만의 별미로 전설처럼 변함이 없다. 내려가다 허기지면 채우라고 주먹밥도 한 덩이씩 건네주었다. 울려 퍼지는 스님의 불경소리 등에 업고 가파른 절벽을 조심스레 내디뎠다. 위에서 내려 보는 전망이 더욱 선명하고 아름다웠다. 다시 올려보고 돌아보고, 웅장한 기암괴석들, '잘 있거라! 또 볼 수 있을지?' 그런 생각이 들자, 두 눈이 촉촉이 젖어들기도 했다.

"그냥 갈까 그래도 다시 더 한 번" 김소월의 시 한 구절이 문득 떠올랐다. 햇볕이 달군 마당 바위에 벌러덩 등 대고 누워 파랗게 물든 하늘에 가볍게 둥둥 떠가는 새털구름도 단풍색 물이 드는 듯 얼룩져 보였다. 화려한 가을 풍경 눈으로, 가슴으로 가득 품어 안고 돌아왔다. 몸은 천근만근 주체하기 힘들었지만, 마음은 둥둥 다시 산을 타고 있었다.

# 고경화

Only one, 한 편의 시처럼….

+ 시 작품 | 겨울 앞에서 | 내 마음의 비 | 이별 | 잃어버린 세월 | zoom in

## P R O F I L E

산동대학교 중의학부 전공. 홍익대학교 미술 전공.
국민대학교 디자인과 전공. 동남보건대학교 문예 창작과 회원.

# 겨울 앞에서

예정된 이별이 옮겨 온
시린 마음이 허수이 끝나지 않아서
이유 없이 낡이는 이 쓸쓸함

몇 번을 참아 내려다
스스로 번민의 옷을 갈아입고
시나브로 흐르는 시간 속으로
멈추어선 아픈 계절

나서면 한산한 거리
양가에 늘어선 가로수들
그 잎들조차도 이제
많은 뒤척임 끝에서
한결 같은 추풍 바람을 탄다

절체절명의 허무가
새 살로 돋으면
급조된 체감은 혼곤의 영역을

기어이 늘어뜨리려는데


아직도 겨울이다
앞선 가을이 저물지 않아서
그저 마음만 밀이(密移)시킨
기다리는 아직의 겨울이다

# 내 마음의 비

흐르는 정적을 타고 춤추는 언어를 입고
내게로 오려는 너는

스스로 젖어
생각 속으로 흐르다
무심히 비워둔 공허한 자리에 고인다

한동안 보레아스의 심술로
나목은 춥고 바람은 서러웠지만

인고의 나이테처럼 소박하게 둘리워진
아름다운 영혼의 띠에는

망각이란 이름으로 머물던
회칠된 머나먼 기억들이
조금씩 벗겨져 나가고
꾹꾹 눌려졌던 성긴 사연
가슴 가득 너의 생각들로 연주되던

해체된 채 사로잡힌 영원도

미명 같던 시간들에도

종일 비가 내린다


창밖에는 비가 오고

빗소리에 젖어드는

내 마음에도

비는 조용히 내린다

# 이별

맑은 영혼의 닻을 내리고
시계視界가 멈추어 선 곳
유리하는 고독을 끌어 안는다


어길 수 없는 약속의 선물
비옥玉翡의 수려가 놓인 곳
비경의 고운 태를 입힌다


미쁜 언약의 연으로 얻은 사랑
관계의 늪에서 이별하는 곳
애증의 목매임에 애써 초연한다

## 잃어버린 세월

낡아진 바랑 하나로
훌쩍 떠나 본다


해거름의 아름다운 풍경도
처얼썩 제 살 아픈 파도 소리도
가로모로 얽어진 바랑 안에서 잠든다


세월의 둔덕 너머
헐거워진 추억의 잔재들에
지난날 화려했던 삶의 가치들로 더께를 입히건만
바싹 여위어만 가는 기억들이다


하얗게 부서지는 포말처럼 쏟아지는 잔영들을
애써 끌어안아 보아도
멀리 달음하는 가여운 회한들에
그지없는 안타까움만 더해 간다


잃어버린 기다림을 찾아 이곳까지 온 지금,

이제 당신은 아무 데나 가고 없다
아니 아무 곳에나 있는 당신은
홀 홀 외로운 나그네이다

진작에 기다림을 잃어버린 종착역
몰아치는 바람에 가슴만 휑하고
진정하기 어려운 감정들이 되살아나
회환으로 이어진다

텅 빈 거리를 길다랗게 서서
진하게 묻어나는 슬픔을 안은 채
서성이는 당신을 바라보아야 하는 날들이었을까

길 잃은 날 매달았던 붉은 리본을 기억하며
심안에 덧대어진 빛바랜 행복까지 보듬으며
혀끝에 느껴지는 씁쓰름함 조차도
익숙함으로 남겨본다

곤히 잠자는 낡은 배낭 안의

상념들을 조심스레 어르며 다시금

새로운 지평을 위해 나를 추스른다

무심히 스쳐가는 시간에 진한 애정을 느낀다

# zoom in

인생은 바람이다
소녀도 바람 속에 머물던 기억에서
한동안 서성였다
저만치 줌의 세계에 희미한
피사체가 어른거리다 점차 명료해진다

바람이 분다

분연히 역류하는 바람에 몸을 싣는다
갑자기 삶의 기장이 늘거나 줄어든다
허물 같은 마음을 한 겹씩 들추어 가며
자꾸만 움츠러드는  나를
따스한 손길로 보듬기로,

스치는 바람이 살갗에 부딪치는 느낌
삶은 그런 것이다
외롭고 고독한 길을 가로질러
흘낏하는 눈길 같은

장경옥

시의 둥지에서 벗어나고 싶지 않다.
거기서 샤르비아꽃처럼 붉게!

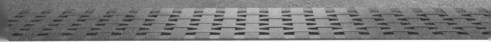

+ 시 작품 | 들판 | 갈대 | 파꽃 | 청산도의 갯벌 | 백조의 꿈

## P R O F I L E

수원 출생. 국보문학 신인상 수상. 경기시인협회, 한국시학, 수원문인협회,
동남문학회, 수원문학아카데미 회원. 수원시 민주평화통일협의회 부회장. 대통령표장 2회 수상.

# 들판

가을바람 지나간 자리
볏단 위에 참새들 모여
즐겁게 노래 부른다


온유함과 따듯함
당신의 안부를 묻는
석양에는 노을이 물들고


한 톨의 쌀과
인연을 준 들판
빈자리에는
허수아비 흔들거리고
바람도 외롭게 눕는다.


한 톨의 벼 이삭으로
지나가는 참새는
즐거운 마음으로
배를 채우는데

들판은

행복한 마음으로

내년을 기약하며

하늘을 바라본다.

# 갈대

갈대숲에서 바람이 웅성거렸다
바람은 갈대를 붙잡고
갈대는 바닷물을 붙잡고
서로가 놓아주질 않는다.

힘을 주고 꼿꼿이 서 있으면 부러지기 쉽고
힘을 빼면 영영 쓰러져 일어서지 못하는
갈대는 뿌리를 깊게 뻗고 흔들릴 뿐이었다.

서로가 포옹하면서 서러운 눈빛으로
흔들렸던 것은 유연한 삶을 살기 위해
수행했던 것이 아닐까

어느 날 밤이었다
별빛도 달빛도 아닌 것이
흔들리는 것을 보았다

산다는 것이 흔들리면서
온몸으로 운다는 것을 알게 되었다

# 파꽃

밭머리에서
풀 뽑고 계신 어머니
한참을 그늘에 앉아
파꽃 바라보고 있다
흰 내 파마 머리 닮았다고
물동이에 비치는 둥근 달 같다고

파 줄기 대롱에 매달려
슬픈 노래를 부른다.
견디지 못하고 파 씨 쏟아진다.

깨알 같은 글씨로
흙바닥에 유서 한 장 써 놓고
가물대는 정신 줄
무게에 못 이겨 흔들리다
쓰러져 생을 마감한다.

## 청산도의 갯벌

한 사람만이 바라볼 수 있겠다는
고독한 인생살이 맞이하듯
어머니의 품속처럼 느껴지는 작은 섬

조용히 밀려가는 파도
갯벌에 군데군데 구멍을 내고
물갈퀴 조정해 감출 곳을 만드는 뻘 낙지들
일곱 개 다리로 몸통을 감추며 구멍만 본다
미끼 몸에 닿으면 갯벌로 끌려나와
석양에 지는 노을 본다.

갯벌 흙 속에는 바지락 조개 몸을 감추려
깊이 숨지만 아낙네의 호미 소리에
흙을 뒤집고 나온 조개
망 바구니 속으로 들어간다.
바다와 이별한다는 슬픔에
거품을 뽀골뽀골 뿜어낸다.
바다는 넓은 만큼 품어주지만

바닷물이 나간자리는

물의 흔적으로 주름을 접고

뻘 낙지와 조개들의 삶

바다는

어두운 밤으로 사라지게 한다

## 백조의 꿈

얼음판
유리알처럼 빛이 나고
연주곡에 맞춰 춤을 추는
백조 한 마리

넘어질까 봐 바라보는 어미
심장 깊이 뜨거워지는 눈물

넓은 공간을 휘집고
형광등들 찬란한 공간
백조처럼
가볍게 날아다닌다.

4분이라는 숨 막히는 영혼의 순간들
춤을 추어야 했고
칼날의 스키는 샥 샥
무섭게 얼음 위를 조각한다
마음은 얼음을 감싸고

얼음은 백조를 안은 채

빛나고 있다

# 박정화

다 늦은 나이에 또 다른 시작을 한다.
머리에 서리가 하얗게 내려버린 지금
무모한 시작이 아니길 빌어보며….

+ 수필 작품 | '시작인가'
+ 시 작품 | 낙엽 | 괴돌이 물에게

---

동남문학회 회원.

# _ '시작인가' _

방향을 가늠할 수가 없었다. 잠시의 외출에서 집으로 돌아가는 길. 내 집이 있는 지하철역에 내려 백화점 골목길 돌아 LG24시 앞까지 왔는데…. 혼란스러운 네온싸인과 서행하는 자동차들의 행렬이 있는 이차선 도로 옆 갑자기 나는 멍하니 하늘만 보고 서 있었다.

막막함. 여기가 대체 어디쯤인지 거리분별도 할 수 없고 방향감각도 없다. 내가 서 있는 곳이 어딘지, 어디를 어떻게 가야 내 집인지….

내 머릿속의 모든 것들이 한 길로 와르르 쏟아져 나와 흘러가는 자동차 불빛과 함께 소멸되어 버리고…. 텅 빈 머릿속엔 한밤의 안개만 자욱하다. 주위의 소음도 정지되고 아무런 생각도 없고, 내 껍데기만 길거리에 너브죽히 앉아 있었다.

엄습하는 두려움. 대체 어쩌자고 나를 잃어버리고 깊어가는 밤에 이 한 길가에 나를 내려놓았는가. 실로 짧은 순간이었다.

시간으로 따지자면 길어야 십여 분쯤이었을까 아들놈에게 SOS를 쳐야 함에도 내 무의식의 자존은 허락이 안되는지. 그냥 그렇게 나는 얼마쯤 서울 하늘의 별빛을 맞으며 미아가 되었다. 황망스런 나를 거두고 다시 나를 찾았을 때 나락으로 떨어지는 한숨은 결코 안도의 한숨은 아니었으리라.

아! 아마 시작인가 내 늙음의 징조가. 그날 밤 나는 내 집 앞 공원 의자에 앉아 조금 울었다. 허망하고, 두렵고, 쓸쓸하고, 그리고 내가 가엾기도 해서…. 너는 어디쯤 왔니, 내 삶의 끝자락이….

## 낙엽

하얗게 서리 내린 머리 위에
각혈 같은 가을 잎 주저 앉는다.
마음에 박힌 굳은살이 곪아서
그리도 검붉은 수의를 입었더니

바람 쓸어간 길바닥에
못 떠난 미련이 뒹굴고
윤회를 거부하는
아득한 절망이 가엾다.

어느 시인의 뜨락에 태워져도 좋으련만
어쩌다 너는
세상 시름 다 오가는 대로변에
굴욕스런 나신으로 이별하자 하는가

# 굄돌이 물에게

그냥 흘러가세요,
요염한 속살 부비며 속삭이지 말고,
어젯밤엔
나뭇잎 하나 동동 떠가다가
허리춤 휘감아 돌며 농염하게 웃습디다.

산고의 고통만 고통이랍니까
정 맞아 쪼개진 몸
오래된 도시 개울가에 누웠습니다.

그냥 흘러가세요
가다 힘이 들면,
햇살 고운 어느 개울 한켠에 잠시 비켜 앉아
두고 온 옛사랑이라도 그리워해 보시고

행여
'메디슨 카운티의 다리'까지 가실 수 있다면
멋진 사내 '로버트'도 만나 보시구요.

주저앉아 울며 잡아도

그대는 어차피 떠날 몸

수많은 모습으로 오는 당신과

또 다른 몸짓으로 왈칵 안기는 그대를 보내며

무심히 이끼 낀 모습으로

보내고, 또 보내며 살 뿐입니다.


그러하니 그대여

그냥 흘러가세요.

# 아직, 꿈꾸는 별

동남문학 열아홉 번째 이야기